連城三紀彦

顔のない肖像画

実業之日本社

実業之日本社文庫

目次

瀆《けが》された目

そうです。窓にカーテンをひいた時からおかしいとは思ったんです。私は「あっカーテンそのままにしておいて下さい」って言ったのですから。病室にひとりでいると楽しみなんて何もなくて、その時刻ごろはぼんやり窓から外見てるんです。この六階の窓からは向かいの棟の屋上が見えますが、そこに鳩《はと》が来るので、その時も恰度《ちょうど》、真っ白な鳩と烏《からす》みたいに黒い鳩が羽を絡《から》ませていて、あの二羽は仲良く遊んでるのか、争ってるのかって、そんなことぼんやり考えてました。ええ確かに四時を十分か十五分過ぎた時刻のことです。先生には私の声が聞こえなかったように思えました。そのままドアの把手《とって》に手をかけ出ていってしまう気配でしたから、私はベッドの上に起きあがり、自分の足で窓辺まで歩いていこうと思ったわけです。片足を何とか床におろし、スリッパを足の指で掬《す》ったところで、やっと先生の目に気づきました。先生は出ていこうとしたのではなく、内側から施錠《せじょう》したのです。背中でドアをしっかりと押えつけて立ち後ろ手に把手を握りしめ、内側から施錠したのです。錠のおりる冷やかな金属音は、眼鏡の裏に隠れた灰色の瞳《ひとみ》の奥から響いてくるようでした。冷たい視線が、その音とともに、感情の全部に錠をおろし、白衣をまとった体が血の通わない無機質な物体へと閉ざされていく気がしました。前から優しい、いい方だとは思ってましたが、その目だけは好きになれませんでした。見つめられると顕微鏡で覗《のぞ》かれているように私の胸の中の一番深い襞《ひだ》までが露《あらわ》にされるような恐ろしさがありました。ええ、そうして最初に私を姦《おか》したのがその目でした――。

不恰好《ぶかっこう》な姿勢をとったために、寝着《ねまき》がはだけ覗いてしまった腿《もも》を、その目はじっと見ていました。はい、正確に言えば右の太腿です。注射針よりも鋭い痛みを私はそこに感じていました。そんな、わざと太腿を見せたなんて事は絶対にありません。私は去年骨折事故を起こし、その骨折が癒《なお》った後も右脚が麻痺《まひ》して長い間動けませんでした。先生の治療のお蔭《かげ》で最近やっと少しずつ歩けるようになり退院も間近にはなっていたのですが、それでも床に足をおろすのにもまだ相当な力が要るのです。寝着の裾《すそ》が乱れるのに構っている余裕などありませんでした。ええ、見られてるとわかって即座に裾を直さなかったのは、確かに私の手落ちです。でもあの時は咄嗟《とっさ》のことで、何故《なぜ》カーテンやドアが閉ざされたかわからないまま、私はまだそこに立っている人を医師だと思っていたのです。それまでの一年間、先生と私は医師と患者という関係だけで繋《つな》がっていました。医師は患者の体など、人体の模型のようにしか見ないものでしょう。患者としてならそれまでも私は二、三度先生に体の全部を見られています。それが一年経《た》って突然、その日が別の意味を帯びて私を見つめたからといって、私には何も理解することなどできなかったのです。

　私は意味もなく微笑しました。何か恐ろしいことが起ころうとしていることを、意識がまだ確認しない前に本能が感じとり、その不安をごまかそうとしたのだと思います。先生は、私が自分から誘うように微笑したのだと言っているそうですが、そんなことは真っ赤な嘘《うそ》です。密室内での出来事なのでどんな嘘でも通ると考えているに違いありませんが、そもそも錠をおろし部屋を密室にしたのは先生の方なのですから、それだけでも私の方から誘惑したのでないことはわかってもらえるはずです。

　先生は近寄ると床にぶらさがって揺れている私の脚をそっともちあげ、ベッドの上に戻しました。スリッパを求めて振り子のように揺れていた脚が静止したかわりに、今度は胸に震動が起こって、動悸《どうき》の音が不安へとつながっていくのがはっきりとわかりました。腿に蟻《あり》が這《は》うような感触を覚えましたが、それが先生の指だとわかるまでに数秒を要しました。今までも診察で何度も同じことをされています。麻痺していた右脚に知覚が戻っているかどうかを指で押えたりさすったりするのが先生の役割でしたから。先生の治療のお蔭で私の脚は、その時の指の動きがいつもより繊細で柔らかいとわかるほどにまで回復していました。その柔らかさを理性で必死に否定しながら、私はまだ、これはただの診察なのだと自分に言い聞かせていました。何も抵抗しなかったのはそのためです。その段階まで、先生の行動で具体的に不自然と指摘できるのは、カーテンとドアを閉じたことだけです。錠をおろしたことぐらい、どんな風にも意味づけできるではないか、そう考え私はまだ先生を信じることの方を選ぼうとしていたのです。一年間抱き続けていた信頼は、錠のおりる音ぐらいで覆《くつがえ》せるものではありません。それに事件というのは、いつもはっきりとした足音で近づいてくるとは限らないものです。眠りの中で聞くような実感のない足音でいつの間にか背後に忍び寄ってきて、ふり返った時はもう手遅れなのです。

枕元《まくらもと》のブザーが床へと払い落とされ、口の中にタオルを押しこまれ、私がやっと何が起ころうとしているのか具体的な言葉で理解した時も、もう遅すぎたのです。いいえ、正確に言うと、まず寝着の紐《ひも》をはずし、それで手を縛りあげ、私の上半身の自由を奪ってから、周囲を見回しタオルを見つけて私の口へタオルを押しこんだのです。その時確かに胸が二、三度波うちました。しかし故意にそうしたのではなく、喉《のど》もとに這いあがってきた吐き気が出口を失い胸へと凄《すさ》まじい勢いで逆流したのです。吐き気は口にタオルを押しこまれたせいより、これから起ころうとしていることへの嫌悪感のせいの方が大きかったと思います。

ええ、最初に事情聴取した刑事さんからも抵抗できなかったのかと尋ねられましたが、私にどんな抵抗ができたでしょうか。ゆっくりとなら歩けるようになっていたとは言っても、私の右脚は普通の人の半分の自由ももっていないのです。先生は決して大柄《おおがら》ではありませんが、大男に襲われた子供のようなものでした。その上、いつの間にかベッドにのぼった先生は両脚でしっかりと私の下半身を挟《はさ》みこんでいました。私の体はその脚と、まだ完全には癒っていない麻痺と、恐怖とに釘《くぎ》うたれ、ベッドの狭い空間に固定されていたのです。自由になったのは目だけでした。私は、その目を大きく見開き、視線だけを叫び声にして必死に訴えました。

でも先生は無言でした。私を見おろす目は冷やかで、欲望を何枚ものレンズの裏に隠しているように見え、私はまた先生は顕微鏡を覗いているのだと思いました。そして今度こそその目は、私の気持ちの最も恥かしい部分を覗きこみ、私の体の奥底の、深い闇《やみ》に護《まも》られている芯《しん》までを暴《あば》いてしまうだろうと——先生の指は白衣の裾のボタンを一つずつ外しました。あくまで冷静さを保ち、まるで死人を相手にしているみたいでした。レンズの焦点が重なり、視線の冷たさも鋭さも錐《きり》のように太くなり、私はその鋭器で刺され、本当に少しずつ死んでいくような気さえしました。先生は次にベルトをはずし、私は白衣の割れ目の裏に蠢《うごめ》いているものから少しでも視線を遠ざけるために顔をのけぞらせました。先生の手が寝着の襟《えり》を両側から引っ張り、胸が露になり空中へ投げだされたような気がしました。胸の谷底を熱い雫《しずく》を落としながら焼けつくような条《すじ》をひいて、下方へとすべり落ちていくものがありました。私にできた抵抗は、先生の体から少しでも遠く離れたものを見るために、首をさらに弓なりに反らせ、頭をさらに深くベッドへと食いこませることだけでした。ベッドの柵《さく》のむこうに、花瓶《かびん》が逆さになって見えました。私はせめて何か他のことを考えたいと思って、忘れてしまったその花の名前を思い出そうとしました。花は一本一本が別の色で、赤や青や黄の鮮やかな原色は、白い、白すぎる壁を背に乾いて造花のように見えました。震動が伝わり花が本当に揺れたのか、それとも私の目が波うって揺らいだだけなのかはわかりませんでした。その後具体的にどこをどうされたかは憶《おぼ》えていません。感じていたのは痛みと屈辱感と……恐怖だけです。フリージア、ルピナス、サフラン、シオン……、知っている花の名を次々に胸の中で叫び続けました。そのうちに花は嵐《あらし》に巻きこまれたように大きく揺らぎ、花の色がぶつかりあい、一色の白に溶けこみ、その後に光が炸裂《さくれつ》するような凄まじい空白がきました……。

我にかえった時、病室にはもう誰もいませんでした。暮色がせまり灰色の闇が壁を塗りかえたその部屋には、私さえもがいないようでした。少なくとも今までと同じ私は、もうそこにはいなかったのです。岸にうちあげられた漂流死体のように露にされた肌《はだ》を見知らぬ匂《にお》いに濡《ぬ》らし、ベッドの上に横たわって、私は先生が部屋を出ていく時呟《つぶや》いた「誰にも言わない方がいい。言ってもこういう事には確かな証拠がないから、私が知らないと言い張ればどうにもならないのだ」という言葉を、遠ざかった波のざわめきのように耳に響かせていました。今日まで二十八年の自分が砂でできた人形にすぎなかったように思えました。突然、白衣を脱ぎその下に隠していた獣身をむきだしにした一人の男の手で、崩され、廃《こわ》されたのです。私は自分の体が人間の体であることを確かめるために、手で首すじを、胸を、脚を触ってみました。

ちょうどそこに食事係の島村《しまむら》さんが夕飯の用意をもって入ってきたのです。ノックは聞こえませんでした。茫然《ぼうぜん》としていたので、たぶん聞き落としたのだと思います。咄嗟のことでしたから何の考えもなく反射的に寝着の襟を合わせ、裾を直し、「暑かったから……」と弁解にもならないことを口にしました。島村さんは恥かしいものでも見たように目をそらせ、食事をベッドの傍《そば》におくと、逃げるように部屋を出ていきました。いつもは気さくな人なのに、顔を硬《こわ》ばらせ、私と口をきくのも汚《けが》らわしいというように唇《くちびる》を固く結んでいました。島村さんは、その時私が手で全身を撫《な》でまわしながら、首をのけぞらせ、恍惚《こうこつ》とした目で天井の薄闇を見ていたと証言したそうですが、それは誤解以外の何ものでもありません。微笑していたのは事実です。それは否定しません。でも一瞬のうちに何もかも失ってしまった人間って、絶望の底で微笑したりするものではありませんか。体は虚《から》っぽで、私は自分が誰かもわからず、怒りとか悲しみとか人間らしい感情の内部を忘れていたのですから——。

やっと人並な怒りが胸に突きあげてきたのは翌日、また先生が診察に来て、いつもと変らぬ顔で五、六分私の脚を調べ、出ていった後でした。看護婦の小沢典子《おざわのりこ》さんが一緒でしたから、先生としても前日のことには触れるわけにはいかなかったでしょうが、何食わぬ無表情はそれだけが理由ではなかったようです。しみ一つない眩《まぶ》しいほどの白衣を見ていると、前日の出来事に先生が何一つ罪悪感を残していないことがよくわかりました。それは、はっきりと一つの犯罪です。しかし潔癖な白さを誇る白衣の鎧《よろい》にその罪を包みこみ、今後も先生は皆から、医師としての尊敬を受けながら生きていくのです。罪悪感など、先生がその瞬間に感じたはずの快楽とともに、私の体を離した時にはもう消え果てていたでしょう。それに比べ、私の方はもしかしたら一生、忌《いま》わしい記憶と男への不信感をひきずって生きていかなければならないかも知れないのです。いいえ男への不信感だけでなく、医師という聖職への信頼は粉々に砕け、もう破片さえ見つからないほどです。事実、私の右脚はあの時から再び動かなくなりました。私の脚が少しでも動くようになったのは先生のお蔭ですが、その脚を再び奈落《ならく》の底へ、今度こそ二度と這いあがれないような暗い穴の底へと突き落としたのも先生です。あの時感じた屈辱感は脚の中に固まり、私の人生までも麻痺させているのです。

先生が出ていった後も白衣の眩しさは目の奥底までまっ白に焼き続け、私は夢中でブザーを押すと、やってきた看護婦さんに村木《むらき》先生を呼んできてほしいと頼みました。しかし先生は忙しいという理由で夜まで待っても来てはくれず、次の日には別の先生が来て、村木先生は金沢の学会に旅立ったと教えられました。学会の話は事実でしょうが、私は先生が私を避けているのだと感じました。いいえ避けているだけではなく、私を無視し、黙殺したのです。それまではまだ先生にわずかでも罪悪感があり、心から詫《わ》びてくれるのなら、許してもいいという気がなかったわけではありませんが、結局、その夕方、正確にいえば事件から四十九時間が経って、見舞いに来た妹の雪子《ゆきこ》に全部を話し、警察に届け出てくれるよう頼んだのでした。

姉の静子《しずこ》から話を聞かされた時、私はあまりのことに驚きながらも、姉の言葉に嘘はないと思いました。姉はこんな事で嘘をつけるような人ではありません。それは二十何年か一緒に暮してきた私がいちばんよく知っていることです。それでも私は「こういう事は相手に白《しら》をきられたらお終《しま》いだ。裁判でも勝つとは限らない。被害者の方が今以上の辱《はずか》しめを受ける結果にもなり兼ねない。争いになることは目に見えているが、戦い通すだけの覚悟はできているか」と聞いたのですが、姉は黙って大きく肯《うなず》きました。姉がそうもはっきり自分の意志を見せたのは、それが初めてで、私は姉が受けた精神的打撃の大きさを改めて感じないわけにはいきませんでした。子供の頃《ころ》から私の方が確《しっか》りしていて、よく姉さんの方が妹みたいだと言われてきました。姉はこの歳《とし》になっても幼いところがあり、純真で他人を簡単に信じてしまうのです。姉は今度のことを突然の出来ごとのように感じていますが、もう少し人を見る目が確かなら、それまでにも村木修三《しゅうぞう》の態度におかしな点が見えたはずです。村木修三は姉のそういう人のいい所につけこんで、医師として、いいえ人間としてあるまじき行為をしたのですから、私には許すことはできません。

今のところ、結果は私の恐れていた通りです。村木だけでなく、病院側全員が結託したように姉を誹謗《ひぼう》しているのですから。確かに姉は昨年事故で入院するまでクラブ勤めをしていましたし、精神的には男性に対して多少だらしないかもしれませんが、体の点では身もちの堅い所があり、以前も結婚寸前までいった男の人に婚前交渉を許さず、その事で相手の人が自分に愛情がないのだと誤解して婚約を解消されてしまったこともあるほどです。その姉が自分から医師を誘惑しようとしたなどあり得ないことです。しかも拒絶されると自分の手で自分を潰し、その姿を食事係の島村さんに見られたことと腹いせから、暴行されたと出鱈目《でたらめ》を言い出したなど、姉の性格からは絶対に考えられないことです。村木修三の主張は全部作り事です。

こんな事は言いたくありませんが、警察では本気で今度の事件を調べて下さってるのでしょうか。たとえば島村タエさんの証言がいい加減なものであることは、病室の構造をちょっと見ればわかることです。島村さんは、「ノックをしても返事がないのでドアを開けると患者が首をのけぞらせ恍惚とした目を天井にむけているのが見えた」と言ったそうですが、ドアの所からは大きな花瓶に遮《さえぎ》られて枕元の顔は見えないのです。それに五時十分ならもう室内は薄暗かったはずで、はっきりと目の表情まで見てとれるわけがありません。島村さんが故意に嘘をついたとは言いませんが、おそらく姉の下半身への手の動きだけを見て、勝手な想像を喋《しゃべ》ったのだと思います――。

いいえ、私は病室に入るとすぐ電気を点《とも》そうとして右に寄ったので、確かに築田《ついだ》静子さんの目が異様に潤《うる》み、薄闇の中でも酔いしれて光っているのを認めました。手の動きに気づいたのはその後で、私は即座に病室を出ようとしたのですが、その時患者が私の存在に気づき慌《あわ》てて身繕いをしたので、私は食事だけを置くと飛びだしたのです。

私がこんな重要なことで適当な嘘を喋っていると思われると困るので話しますが、実は先月、つまり昨年末にも私は一度、静子さんが自分の手を用いて同じ行為をしているのを、偶然、二センチほど開いていたドアから盗み見ております。顔は見えませんでしたが、喘《あえ》ぎ声《ごえ》が聞こえ、露《あらわ》になった両脚の狭間《はざま》に指が埋まっているのが見えました。患者にもそれぞれの生理があるのですから、見て見ぬふりをし今まで誰にも話さなかったのですが、私はやはり水商売の女性というのは性的にルーズではないかという印象をもちました。いいえ今度は、指が具体的にその部分にさしかかっているのを見たわけではありません。私は胸から腹部へと手が滑り落ちていくのを見ただけで、一瞬後には視線を逸《そ》らしましたから。でも私が決していい加減な想像を喋ったのでないことは、昨年末のこと、それに私の想像と村木先生の主張が完全に一致していることからわかってもらえるはずです。たとえ彼女の主張にも真実があって、彼女と村木先生の間に本当に肉体的な交渉があり、私の見たのがその後の光景だったとしても、私には彼女のとっていた姿が無理矢理暴力で姦された人のものとは信じられません。自らの手を用いて快楽を貪《むさぼ》ったのでなければ、彼女は先生との交渉の余韻を楽しんでいたのでしょうが、彼女の歓喜に浸った目は、自分からすすんでその交渉を求めたか、それとも合意のうえで交渉を図ったか、そのどちらかの結果だったと思えます。

嘘が最も恐ろしいのは、当人がその嘘を真実と錯覚し信じこむようになってしまうことです。築田静子に今、それが起こっています。精神鑑定を受けさせた方がいいと思いますね。私の方こそが、その嘘と狂った神経の被害者なのです。前にも言った通り、カーテンを閉めてくれと言ったのは彼女の方です。いつものように簡単な診察を終え、「この調子なら半月で退院できる」と励まして何気なく窓辺に立った時でした。「内密な話があるからドアの錠をおろしてほしい」と続け様にそう言われ、変だとは感じながらも言われた通りにしてふり返ると、彼女はいつの間にかベッドに腰かけた姿になって、むきだしにした右脚を振り子のように揺らしていたのです。脚が揺れる度に股間《こかん》が強調され、彼女が私の視線を意識してそうしているのは明らかでした。事実その直後、私と目が合うと、彼女は「先生にはいろいろ御《お》世話《せわ》になったから体でお礼するわ」と言い、微笑しました。私は溜息《ためいき》をつき、彼女に近寄るとその脚をもちあげベッドに戻し「馬鹿《ばか》なことを言っては駄目《だめ》だ」と宥《なだ》めました。彼女はその言葉より私の目にはっきりと拒絶の意志を読みとったらしく、一瞬侮辱を受けたような表情を見せ、私が掛けてやろうとした毛布を左足で払いのけ、「先生がやらないなら自分でやるわ」と言って、荒っぽく胸もとをはだけました。私がブザーを床に投げ落としタオルを口につめたなど妄言《もうげん》に過ぎません。島村タエが部屋に入った時、ブザーもタオルもいつもと変わらない位置にあったと言っているのが何よりの証拠です。寝着の紐も自分から解《ほど》いたのですが、私は彼女が下半身を露にする前に背を向け、部屋を出ました。

私の部屋にいた同僚の森下《もりした》が、私が四時少し過ぎに彼女の診察に出かけ、およそ一時間後のちょうど五時に戻ってきたと証言したそうですが、私はそんな風にして十五分ほどで彼女の病室をとびだし、その後屋上にあがり新鮮な空気を吸って彼女の誘惑に覚えた不快なものを吐きだそうとしたのです。それ以前からも彼女が私に好意を抱いているのには気づいていました。特に昨年の十二月頃からはいろいろな贈り物をくれたり、患者が医師を見るのとは違う目で私を見たり、私の私生活に必要以上の興味をもち媚《こ》びた口調で質問を浴びせるようになりました。自惚《うぬぼ》れているのではありません。自惚れているのは、むしろ彼女の方で、私は彼女のような化粧でしか自分を表現できない女に性的な興味を感じたことは一度もないのです。それに、先日も言ったようにこれが一番重要なことですが、私には患者の体を性の吐け口にしなければならないようなどんな理由もないのです。私は来月に看護婦の小沢典子と結婚する予定でいます。婚約者とは定期的に交渉をもっていますし、欲求の全部を彼女の新鮮な体で充足させています。他の、私には患者として以外の何の興味もない女に分け与えるような欲望などないのです。私は医師としての将来を約束されています。仕事の上でも女のことでも幸福の絶頂にいるとさえいえます。その私が何故、強姦《ごうかん》などというたった一瞬の快楽と引き換えに幸福の全部を投げだすような真似《まね》をするでしょうか。医師である立場を悪用して患者に暴行を働くなどどんなに危険なことか察知できないほど、私は愚かではありません。

私が築田静子に優しくしたのは、医師としての義務感からです。しかしその優しさにこんな冤罪《えんざい》で報いてきた彼女に、今私が感じているのは憎悪のみです。

先生が今幸福の絶頂にいて、強姦などという馬鹿げた行為に走る理由など何もないというのですか……いいえ、襲われた当の私にはその理由が、少なくとも一つだけ確かにわかっています。

それは、先生が男だということです。

村木先生と婚約者の小沢典子さんとの仲は、看護婦たちの間でもずいぶん羨《うらや》ましがられていて、婦長である私も今度の結婚を心から喜んでおります。二人とも仕事の面でも性格の点でも非の打ちどころがなく、ことに村木先生は最近の若い人には珍しく患者に対して献身的な方ですから、今度のような真似をする筈《はず》がありません。あの日も三時半ごろ、二人が廊下の隅《すみ》で肩を寄せ合うようにして仲睦《なかむつ》まじく立ち話をしているのを見かけました。築田静子さんは四時十分から五時までの間に先生に暴行されたと訴えているわけですが、あんなにも微笑《ほほえ》ましく婚約者と喋っていた先生が、わずか四十分後に強姦魔となって婚約者以外の女性を襲ったなど考えられないことです。

築田さんについては私もよく知っております。看護婦の間ではいろいろ言っている者もありましたが、私の前では愛想のいい顔を見せ、私自身は好印象を抱いておりました。ただちょっと我儘《わがまま》なところがありましたね。つまらないことでブザーを押して用を言いつけたり、何かしたいと言いだすとこちらが聞き容《い》れるまで絶対に譲らないのですね。あの日の前日もそうでした。突然ベッドの位置を変えてほしいと言いだしたので、もう退院が近いからと言い聞かせたのですが、結局変えさせられました。ベッドの位置を変えさせられるのはしょっ中でしたが、その時は本当に突然、ドアからいちばん離れた場所へ移してほしいと言いだしたのです。……私が言いたいことおわかりですわね。ドアからということは廊下から一番遠い端ということです。静子さんにはその前日すでに先生を誘惑する計画があって、廊下を通る人に変な物音や声が聞こえないようベッドを移動させたのだと私は想像しています。

看護婦たちがどんな噂《うわさ》をしていたかですか？　そのことは直接小沢典子さんに尋ねて下さい。静子さんは村木先生に特別な感情を抱いていて、そのことで婚約者の小沢さんには非道《ひど》い仕打ちをしていたようですので……。

はい、私は簗田静子さんがこんな言い掛りとしか言い様のないことで先生を窮地に追いつめた、その裏に私への嫉妬《しっと》があったと思っています。昨年、秋の末、私と先生との婚約を知ってから彼女の私への態度は変わりましたから。以前は私にも親しい口をきいてくれたのですが、十二月に入ってからは私が他の看護婦と一緒だと、その看護婦にばかり愛想よくして私を無視したり、私が先生と病室に行くと、故意に媚びた声を使い、先生になれなれしくしたりして、ちらりと私の反応を見たりするのです。そうですね、婚約のことを知ってから今まで以上に先生に好意を示すようになりましたね。先生は患者には優しい人ですから顔には出しませんでしたが、内心では彼女の好意を邪魔に思っていて、今年に入ってから毎日のようにくれた贈り物なども陰で他の先生にあげていました。

彼女の右腿《みぎもも》は外科的にはもう完全に治癒《ちゆ》しています。もともと交通事故によるただの骨折ですから。最初のうち神経的麻痺《まひ》がひどかったのは事実ですが、それも先生の献身的な治療で年末までには相当に回復していたはずです。それをわざとまだほんの少ししか歩けないふりをして、少しでも退院を遅らせ、先生の傍にくっついていようとしてたのに違いありません。これは私だけでなく他の看護婦も言っていることで、よく皆から、簗田さんには気をつけた方がいいと忠告されました。簗田さんの主張が本当だとしても、彼女は充分抵抗できたはずです。

もっとも彼女の主張には何一つ真実はありません。村木先生は私との関係で充足していましたから、強姦といった危険な形をとる必然性など全くありませんでした。あの日三時半に婦長さんが、私と先生が立ち話しているのを見たそうですが、その時も「明後日《あさって》から一週間ほど金沢へ行くから、今夜君のアパートへ泊りに行っていいか」といった話をしていたのです。いいえ、その夜アパートに来た時の先生はいつもと全然変わりなかったし、夕方に築田さんからおかしな誘惑をされた件についても何も口にしませんでした。ただ翌日、偶然、私と先生とで診察にいった時、静子さんの様子が変だったので何かあったなとは感じました。先生の白衣の肩に埃《ほこり》がついていたのでそれを私が払った時、築田さんは一瞬私を恐ろしい目で睨《にら》みつけました。殺意さえ感じさせる目で、私の背は凍りついたのですが、考えてみると彼女が今度のような無謀な復讐《ふくしゅう》に出ようと決意したのは、その瞬間ではなかったかと思います。

小沢典子さんの言っていることは全部反対です。村木先生が患者の中でも私にだけ普通ではない好意を見せるのを日頃から快く思っていない所があって、私にはほとんど口もききませんでしたし、先生と一緒の時など矢鱈《やたら》先生に貼《は》りつくようにして変に私に挑戦的でした。これではまるでガラスの表裏がどちらだと言っているようなものですが、婦長さんの言葉だって、自分の側の人間を護るために故意に事実を歪《ゆが》めています。ベッドの位置を変える時、私は「窓からもっと外がよく見えるように、窓に一番近い場所へ移してほしい」と言ったのです。窓に一番近い場所はドアから一番遠い場所と同じことですが、婦長さんは私に不利になる言葉の方を選んで、まるで私に前日から下心でもあったように思わせたのです……。

姉から聞いたことで一つ腑《ふ》に落ちないことがあります。村木先生の診察は月水金の隔日で、あの日は木曜でしたから正式な診察日ではなかったのです。それもいつもと違う四時過ぎという時刻に不意にやって来て、脚を診てやろうと言われたので、姉はちょっと驚いたらしいのですが、もしそれが事実なら、先生が病室を訪ねてきたのには最初から何か特別な意図のあったことが証明できるのではありませんか。先生にその理由を聞いてみて下さい。

それは築田静子自身が前日に「明日の四時に時間の都合がついたら病室へ来てほ

しい」と言ったからです。自分からそう言っておきながら、よくそんな嘘がつけたものです。彼女は最初から私を誘惑するだけでなく、その事を表沙汰《おもてざた》にし、私を陥《おとしい》れる計画だったのではないでしょうか。今となってはそんな気さえします。私は身に憶えのない罪の縄《なわ》で一本一本体を縛られていくのです。被害者は私の方です……それは信じて下さい……。

村木君の言っている通りです。彼はあの日三時四十分ごろこの部屋に戻ってきて、カルテを見ていましたが、四時を回ると「ああそうだ、例の患者から呼ばれてたんだ」と言って、お道化《どけ》たように顰《しか》め面《つら》をして出ていきました。簗田静子に関しては村木君の口からだけでなく看護婦たちの噂でもいろいろ聞いていたので、僕も「ご苦労さん」と冗談を言って送りだしました。簗田静子には僕も会っていますが、厭《いや》な女ですね。あの媚態《びたい》は男なら誰でも自分のものになるという自信からくるものでしょうが、実際には男が最も嫌うタイプですよ——そういえば彼女には通訳をしている妹がいますね。その妹が昨夜、僕の自宅へ電話をかけてきて同じ事を聞きましたよ。僕だけでなく看護婦たちの自宅や寮に電話をかけていろいろ調べているようです……さあ何を探りだそうとしているかはわかりませんが……。

　はい、妹の雪子さんなら昨夜も私の家に電話をかけてきたので、家の近くの喫茶店で会いました。いいえ会いたいと言ったのは私の方です。実は私、小沢典子さんのことで警察の方に話したいことがあったのですが、小沢さんは私の三年先輩でしょう、日頃《ひごろ》から尊敬していましたし、傷つけたら悪いと思って躊躇《ためら》っていたのですが、隠しておいたら、大変なことになるかもしれないと思い直して、雪子さんは感じのいい人だから、話してみたんです——はい確かにあの日の朝でした。八時半ごろ、私、築田静子さんが窓ガラスの曇りを拭《ふ》こうとしてタオルを落としたというので、それをとりに中庭へ行ったんです。ちょうどタオルは村木先生の部屋の窓近くに落ちていたのですが、それを拾おうとしたとき、部屋の中から先生と小沢さんの話し声が聞こえました。先生が「しかしカーテンを閉めないと外から見られてしまう。上手《うま》くカーテンが閉められればいいが」と言い、小沢さんが「そうね、何とかしないと……でも今日の四時過ぎにやるというのを変更したくないわ。早いうちにあの人何とかしないと私たち結婚もできなくなるわ」そう答えました。その時は何のことかわからなかったのですが、三日後に今度の事件のことを知って……私、時刻も一致しているし先生が本当に築田さんに恥かしいことをしたのではないかと思いました。しかも小沢さんもその事を承知していて先生と共謀の上で簗田さんを襲ったのではないかと……いいえ、これはただの想像です。だから私が話したこと誰にも黙ってて下さい。小沢さんは立派な女性ですが、自分にも他人にも厳しすぎる所があります。勝気ですから顔には出しませんが、簗田さんのことでも本当は相当激しい憎悪《ぞうお》を胸に秘めてるんじゃないかって……私……はい、それが村木先生の部屋の窓だったことは間違いありません。この病院は細長いコの字形をしていますが、先生の部屋は簗田さんの病室と同じ棟でちょうどその真下にあたるんです。ええ、声も確かに先生と小沢さんのものでした。

あの朝なら私と先生は昼に外に出て食事しようかという話をしていただけです。そんな出鱈目を言ったのは内藤久江《ないとうひさえ》ではありませんか？　あの人は私が以前、皆の前で叱責《しっせき》したのを根にもって私のことを恨んでいるのです。前々から簗田静子さんのことでもあの人一人は、私の方が悪いような噂をふれまわっていました。その内藤久江の証言、もしかしたら静子さんの妹の指し金かもしれません。そうだとしたら、あの姉妹は、村木先生だけでなく私にまで罪を着せようと言うんですわね。恐ろしい人たち……私は静子さんのことなど相手にもしていませんでした。私が先生に、静子さんを襲わせたなんて……そんな馬鹿馬鹿しいこと……。

私が何を調べているか、今はまだ何も話したくありません。私は通訳の仕事のかたわら、近くの子供たちに英会話を教えているのですが、姉のかわりに警察に今度の事件を届け出た翌日、一人の男の子が私の部屋に来て勉強していた時です。その子が勉強中に外の道路に立っている卑猥《ひわい》な映画の看板をさかんに気にして視線を投げるのです。女性のヌード写真に突き刺す視線はもう成人した男のもので、男というのは皆同じだってちょっとゾッとしたのですが、その時気づいたことがあるんです。今言ったようにそれについてはまだ何も話したくありません。その前に警察の方に調べていただきたいことがあります。婦長が三時半に村木修三と小沢典子とが廊下の隅で立ち話をしているのを見たと言いましたね。その時刻までの二人の行動は調べがついていますし、別に不審な点はありません。問題は三時半以降です。村木の方は大体わかっていますが、小沢典子の行動がその後一時間近く空白になっているのです。四時半に彼女は、山川《やまかわ》という先生とともに突然容態の悪くなった患者の部屋に入っていますが、婦長が見たという三時半からその四時半まで彼女が一体どこで何をしていたか、詳しく調べていただきたいのです。何故警察に任せておかないのかとおっしゃるんですね。正直言って私は警察の方を信じていないんです。本気で村木修三の犯罪を立証して下さる気があるかどうか——この三日間単独で調査を進めて、まだ警察の方もご存知ない二つの重要な証言を手に入れることができました。一つは、先刻も言いましたが、四時半に小沢典子とともに容態の悪くなった患者の部屋にいたという山川先生です。患者は確か藤原真輔《ふじわらしんすけ》という六十になる癌《がん》患者で先生が駆けつけて二十分後、つまり四時五十分に死亡したそうですが、その二十分間に小沢典子は患者の容態よりも窓から見えるある部屋のことが気になっていた様子で、何度も心配そうな視線を送っていたといいます。窓に黄色と緑の派手な縞《しま》のカーテンがかかった部屋だそうです。姉の部屋ですわ。そのカーテンは私が姉に頼まれて去年の秋にかけたものです。勿論《もちろん》、その時刻、姉の部屋のカーテンは閉ざされていたそうですが、彼女はおそらく、そのカーテンを押し開くほどの激しい視線を見せたことでしょうね。私は内藤久江さんがその朝に立ち聞きした話は本当のことだと信じています。小沢典子は間違いなくその時刻、黄色と緑のカーテンの裏で何が起こっているかを知っていたんです……自分の婚約者である村木修三がその部屋で私の姉に何をしているかを……。

もう一つは、事件の三日前にたまたま知人の見舞に病院へ来たという会社員の方の証言です。

はい、新聞などで事件のことは知っていますが、あれは確かにその三日前の昼すぎのことですよ。心不全で入院した知人の見舞にその病院を訪れたのですが、初めてのせいで、部屋がなかなか見つからず、六階の長い廊下をうろうろしていた時でした。部屋の番号は見落としましたが、突き当たりから三つ手前の部屋だったのは間違いありません。ドア越しに、「あなたは私たちを別れさせたいんでしょう。私の秘密をばらすというならいつだってばらしなさいよ。もうこれ以上堪えられないわ」という女の怒声が聞こえ、驚いて足をとめると同時に、ドアを突き破るようにして看護婦さんがとび出してきたのです。怒りで顔をまだ赤くしていた看護婦さんは廊下に私を見つけると、今度はさっと蒼《あお》ざめました。私の方もしどろもどろになって、知人の部屋がどこか尋ねると、それは四階ですとだけ答え、廊下を走り去りました。ただそれだけのことですが、新聞で騒いでいる強姦事件と何か関係があるのでしょうか……私はそのことを知人に話し、知人が担当の研修医に話したらしいんですね。その研修医から聞いたのだがと昨日も若い女の人が話を聞きに来ました。怒ってとび出して来た看護婦さんですか？　顔も憶えていますが、会う必要はないでしょう。白衣の波うった胸に名札がありましたから、名札の名は私の妻の旧姓と同じ小沢でした――。

ええ、そういう事実は確かにありました。今まで隠していたことはお詫びします。私は今年に入ってから、簗田静子さんに脅されていたんです。村木先生と別れないのなら、あのことを全部先生に喋ってあげるわと言って……私は村木先生と交際を始める前、半年ほど年下の青年と同棲《どうせい》したことがあります。たがいに愛というより夢を抱いていただけであっけなく別れてしまったのですが、その事は村木先生には話してありませんでした。それを簗田さんはどうやって知ったのか、たぶん興信所でも使って私の過去を洗わせたのでしょうが、その事で私を脅迫し、私と先生の仲を引き裂こうとしたのです。会社員の人が立ち聞きしたという言葉は、私が言ったものです。「これ以上堪えられないわ」というのはその時の私の本心からの叫び声で、堪えられなくなった私はその夜、自分の口から村木先生に全部を告白しました。先生は思った通り優しい方で私の過去など笑いとばし、簗田静子のことも放《ほう》っておけばいい、あんな馬鹿な女の相手になっていたら僕たちが損をすると言ってくれました。女って不思議ですね。真実を言えばそれまでは簗田さんの度を越した嫉妬と残忍な仕打ちを気持ちの奥底では憎んだりもしていたのですが、先生の一言ですべてを忘れることができました。過去を告白したことで却《かえ》って私は先生の愛情を再確認できましたし、簗田静子という共通の敵をもったことで、今まで以上に確かな絆《きずな》を先生との間に結ぶことができました。

私は翌日にはその事を簗田さんに話し、以後は先生の言う通り無視することに決めたのですが、脅迫がもう何の役にも立たなくなったとわかって、簗田さんは焦燥し、先生を誘惑するという最後の手段に出たのだと思います。簗田さん側では私が彼女を憎み、暴行に加担したように言っているそうですが、そんなわけで、問題の日の、私の彼女への気持ちは無関心だけだったのです。それに考えてみて下さい。自分の愛する男に他の女を暴行させるなどという恐ろしい女がいったいどこの世界にいるでしょうか。

小沢典子さんから告白を受けた際、私としては彼女の過去よりも、簗田静子に脅迫されていた事実のほうに驚いたのですが、考えてみれば簗田静子はそれぐらいのことをしかねない女でした。以前にも「先生、あの看護婦さんとの婚約をやめた方がいいわ」と思わせぶりな薄笑いを浮かべて言ったことがあります。私としては内心余計なお世話だと思ったものの、あくまで相手は患者ですから不愉快な顔も見せられず、適当に返答をごまかしていたのですが、そういった私の態度が自惚れの強い彼女に、まるで私の方でも好意を抱いているような誤解を与えてしまったのでしょうね。今では後悔してもしきれません。はい、典子さんの過去など全く私にはどうでもよいことです。現在の彼女が私の妻にふさわしいかどうかが問題なのですから。ただし典子さんとしてはそういった過去が皆に知れわたるのは辛《つら》いだろうと思いましたので、脅迫のことは警察にも言わないことに決めたのです。今まで黙っていたのはそのためで、決してそれ以外の意味はありません。

小沢典子さんには冷徹な仮面の裏に胡散臭《うさんくさ》い所が感じられたので、「あんな女《ひと》と結婚しない方がいいわ」と先生に忠告したことはありました。でもそれは先生を立派な人だと信じていたので、その立派さと釣《つ》り合《あ》いのとれた人と結婚してほしいという単純な動機から出た言葉で、小沢さんへの嫉妬からではありません。小沢さんの過去なんて、今、初めて聞いたことです。何も知らなかった私に、どうやって脅迫ができたというのでしょう。あの二人は私を小説にでも出てくるような悪女に仕立てあげ自分たちの立場を有利にしようと図っているのです。脅迫などという出鱈目な話を持ちだしたと聞いて、私にはますます、今度の暴行事件の裏には小沢典子の意志が働いていたのだと思えてきました。脅迫……あの二人は自分たちの罪を揉《も》み消すためにとうとうそんな言葉まで持ち出したのですか……でも本当に消してほしいのは、私の心身が受けた女としての深い傷です……それだけです……。

姉はそう言ってますが、確かに小沢典子は脅迫されていたのです。第三者の証言がありますからね。あの会社員の人が、自分には関係のない事件のことで被害者に不利になるような証言をするはずはないですし……しかし、それよりも私には、やはり小沢典子の行動が、三時半から四時半までの一時間空白になっていることの方が重要だと思います。正確に言えば五十五分ですね。彼女は四時二十五分には看護婦詰め所へ戻り、その直後、藤原真輔という癌患者の部屋のブザーが鳴ったので、山川先生と一緒に病室へ走ったのですから。彼女自身は裏庭でぼんやりしていたといいますが、嘘に決まっています。いいえ、これ以上調べても証人は出てこないと思います。彼女はその五十五分の間、人目を忍んで行動していたはずですから——私にはやっと真相がわかってきました。でもあと少しだけ待って下さいね。実は今、興信所に依頼して、小沢典子の過去を調査させているのです。彼女は看護婦学校を出てすぐに今の病院へ入り、三年目、つまり四年前に大学病院から来た村木修三と交際を始めたらしいです。彼女の言い分ではその村木と出会う前に半年ほど若い男と同棲していたのですが、それが事実かどうか……恐らくもっと大きな秘密がその過去にはあると私は睨んでいるのですが……。

はい、築田雪子さんの依頼で調査したところでは、小沢典子の過去に年下の男と半年同棲していたという事実は見つかりませんでした。彼女は現在の病院に勤務し始めた翌年、小さなアパートから代々木《よよぎ》のマンションに移っていますが、引っ越して間もない頃より去年の秋まで六年近く、外車を乗りつけ頻繁《ひんぱん》に彼女の部屋を訪れていた六十前後の重役風の男がいたそうです。管理人の想像では、小沢典子はその男と愛人関係にあったということでした。事実、代々木のマンションは彼女の給料で住めるような部屋ではありません。いいえ、その男の名前はわかりませんが、四年程前からやはり彼女の部屋を訪れるようになった若い男の方は、同じ病院に勤務している村木修三とわかっています。しかも村木の生活は恰度その頃から贅沢《ぜいたく》なものになっていましてね。彼の方も新しいマンションに引っ越したり外車を買ったりしているのです。これは私の考えですが、小沢典子は愛人として受けとっていた金の一部を村木に渡し、村木の方でもその金を受けとるために典子とその男の関係を黙認していたのではないかと思います。さあ、その重役風の男が昨年秋から不意に姿を見せなくなった理由は管理人にもわからないらしいのですが……。

姉が襲われていた時刻、小沢典子は突然容態の悪くなった癌患者の死に立ち会っていたそうですが、その藤原という患者が入院したのが昨年の秋です。彼の写真を小沢典子のマンションの管理人に見せて、確認をとってもらえないでしょうか。

ええ、この写真の人に間違いありません。製薬会社の社長さんだったんですね、道理で恰幅《かっぷく》のいい人だとは思ってたんですが……そうですか、この人が来られなくなったのは癌で入院したからだったたんですか……。

これでもう、姉が暴行を受けた今度の事件の背後にあった構造をお話ししても構わないと思います。構造といえば、今度の事件のそもそもの発端は病院の建物の構造にあったのです。この病院は細長い中庭を挟んで、病棟がコの二辺を長く伸ばした形になっています。二つの棟は平行線を長くひき、両棟とも病室の窓は中庭に面しています。しかし、その構造がわからなくとも、姉が「先生がカーテンを閉めたときからおかしいと思ったのです」と言った言葉だけからでも想像することはできたのです。姉の部屋は六階つまり建物の最上階です。そんな高い所でもカーテンを閉めなければならなかったというのは、姉の部屋の窓の外にも窓があって誰かから見られる心配があったと考えられるのではありませんか。事実姉の部屋からは向かいの棟に並ぶ六階の窓の幾つかと屋上とが見えます。そして姉の部屋の真っ正面が癌で死亡した藤原真輔の部屋でした。

それが、村木修三が姉を襲った理由だったのです。姉は村木がカーテンをひいた理由を、これから始まろうとしている室内の行為を外の視線から隠すためだと考えたようです。事実、カーテンを閉めるというのは大抵の場合、外から室内を見られないようにするのが目的です。しかし偶然英会話を教えていた時、私は室内にいる男の子に外のいかがわしい看板を見せないためにカーテンを閉めたのです。そして、カーテンというのが室内の人間の視線を外と遮断《しゃだん》するためにも閉めるものだと気づいたのです。あの日村木は四時すぎに姉の病室に入り、機会を見て窓辺に立ち、それと同じ目的で、つまり普通とは逆の目的でカーテンを閉めたのです。その時刻窓の外で行なわれているある行為を、村木はどんなことがあっても姉の目に触れさせてはならなかったのでした。婚約者の小沢典子が、真向かいの病室で、六年の愛人関係を清算するために、癌患者の藤原真輔に対して行なったある行為です。

空白になっている五十五分間の彼女の行動については想像で埋めることができます。恐らく四時ごろまでに彼女は薬品保管室にでもこっそり忍びこみ、特殊な薬品を手に入れ、準備を済ませると、村木と打ち合わせた通り、四時十分ごろに藤原の病室に入り、その薬品を使ったのだと思われます。注射をしたか飲ませたか細かいことは何もわかりませんが、大事なのはその行為を誰にも絶対に見られてはならなかったこと、そしてまた彼女がその行為をする機会が、その日その時刻しかなかったことです。たぶん病室に人がいなくなるのがその時刻しかなかったのでしょうね。殺人者たちが心配したのは、当然ながら、向かいの棟の窓から誰かに見られることでした。

藤原の病室のカーテンを閉められるなら、問題はありませんでした。ところが事件の二日前に藤原は汚れが非道《ひど》いという理由でそのカーテンを洗濯《せんたく》に出させ、かわりのカーテンをかけようと言うと、冬の陽《ひ》ざしが快いからと断ったというのです。思いだして下さい。山川先生がこう証言していますね。問題の時刻、容態の悪くなった藤原の病室から小沢典子がちらちらと姉の部屋の窓を気にしていたと――それはつまり、少なくともその時刻、藤原の方の病室にはカーテンが閉められていなかったことを物語っていたのです。私は何かカーテンが閉められない事情でもあったのではないかと考え、調べてみてその部屋のカーテンが洗濯に出されているのを知ったのです。きっと小沢典子もカーテンをかけるよう藤原に勧めたが、断られたのでしょうね。藤原の部屋の窓を閉ざすのを諦《あきら》めると、今度は向かいの部屋の窓をカーテンで閉ざすことを考えたのです。

藤原の病室は他の窓からも見ることができますが、二人が特に心配したのは真向かいの部屋の姉の目でした。他の者なら小沢典子の小さな行為を見ても看護婦が何かしているぐらいに考え気にもとめなかったでしょうが、以前より彼女に特別な関心を払っていた姉の目だけは別でした。姉は彼女の行為に顕微鏡を覗《のぞ》くような細密な視線を浴びせたでしょうし、その後に起こる藤原の死とその行為とを結びつけて考えるかもしれない危険な証人だったのです。その上、日頃から姉は窓から外を見るのを楽しみにしていましたし、前日には偶然、窓からもっと外がよく見えるようにと姉はベッドの位置を変えさせてしまったのです。

内藤久江が立ち聞きした通り、事件の朝二人は姉の部屋のカーテンを閉める方法を相談し合い、結論として、典子が藤原の病室に入る四時十分頃に、村木も姉の部屋に入りカーテンを閉めることにしました。そうして万一カーテンを閉める適当な口実が見つからなかった場合は、姉がそのカーテンの意味を全く逆に受けとるように、村木がその部屋で他人の目を憚《はばか》らなければならない行動に出ることになっていました。二人は確かに藤原殺害ばかりでなく、その強姦事件に関しても共犯者だったのです。

村木がカーテンを閉めると、姉は「閉めないでほしい」と言い、不自由な脚を動かし自分で窓まで歩いていくためにベッドを降りようとしたのでした。姉は村木の目が冷やかだったと言いましたが、その冷たい目の下では焦燥が嵐のように渦巻《うずま》いていたに違いありません。今カーテンを開かれたら計画が水泡《すいほう》に帰してしまうかもしれない。何としてもこの女の体をベッドに釘《くぎ》づけにしておかなければならない。そんな思いで村木は、偶然覗いた姉の腿に視線と神経のすべてを突き刺したのです。

その時刻、中庭を挟んで向かい合った二つの部屋では、二人の共犯者がそれぞれの犯罪を犯していました。殺人と、それをカモフラージュするための強姦と――強姦と言っても、好意を寄せられていると自惚《うぬぼ》れていた村木は、姉がその強姦事件を訴え出る心配はないと考えていたし、万一訴えられても、日頃の姉に関する噂を考えれば、姉の方に非があったように思わせられるとタカを括《くく》っていたのです。大事なのは、カーテンを閉めた本当の理由を、姉にも誰にも気づかせないことでした。そのためには一時的に強姦魔の汚名を着るぐらいの犠牲はやむを得ないとも考えたのです。そして二人のこの計画は、私がもし、同時刻に死んだ藤原真輔と小沢典子のつながりを探りあてなければ、きっと成功していただろうと思います。

二人が藤原真輔を殺害した動機は今後の警察の調べでさらにはっきりするでしょうが、恐らく死期の迫った藤原が、典子と村木を結婚させないために、死ぬ前に全部を世間にばらしてやると脅したせいだと思います。ええ、そうです。会社員が立ち聞きしたのは、姉の部屋でのやりとりではなく、藤原真輔の部屋でのやりとりでした。初めて病院を訪れた会社員は、六階の奥から三つ目の部屋だったことを憶えていたものの、それが平行に走っている二つの棟のもう一方の部屋だったことには気づかなかったのです。会社員の証言は二人にとって危険なものでしたが、彼がミスをおかしていると知ると、二人は藤原がやっていた脅迫を姉の罪にすり変えて、逃れようとしたのでした。

これで私にわかっていることは全部お話ししました。陰に隠れて二人は強姦よりも大きな罪を犯していたのですが、私は村木が姉にしたことも決して小さな罪だとは思えません。村木はただ姉の目を潰《けが》すだけでよかったのです。姉の視線を真実の事件から奪うためにだけ、その体を潰したのです。それに比べれば欲情に燃えて女を姦《おか》す強姦魔の方がまだ人間らしい気がします。姉の——一人の女の体をただ犯罪隠しのためにだけ利用したのですから。

カーテンを閉ざし、村木修三はまた姉の将来をも閉ざしてしまったのです。

美しい針

窓のむこうに東京の町が広がっている。

いま視界に入っているビルの群れや道路は、いったい東京の何分の一だろう。

高層ビルと呼んでもいいほど高いビルの、十三階にあるこの部屋の窓からは、かなり展望がきくのだが、それでも人間の目には視界に限度があって、まずそれが東京を断片に切りとり、次に窓がさらにそれを小さな断片へと切りとってしまった。

ただ私は、そんな風に自分が目にすることのできる東京の一部分よりも、死角に隠れた、見ることのできない東京の方が好きだ。目に見えない部分は、いつも私に永遠のような果てしない夢を与えてくれるのだから。見えない部分はすでに十歳の頃に現実の全部を知り、疲れ果ててしまった私に、まだ夢を残してくれ、美しい針で想像力を刺激し、生きることのきらめきを思い出させてくれる。実は、大学に入り将来を決めなければならなくなった時、ためらうことなく今の職業を選んだのもそのためだった。

高橋《たかはし》クリニック――

そんな名前で呼ばれているこの部屋はいかにも知的なイメージで統一されている。冷たい、金属と間違えそうな淡《うす》いブルーの壁、書棚《しょだな》に並んだ心理学の本、その背表紙に書かれた英語やドイツ語、簡潔さだけを重んじた小さな患者用のベッド、――何もかもが無彩に乾ききり、人間らしさの感じられない部屋で、今からもう一分もすれば、私は患者から一番人間らしい部分をひきだすために格闘を始めるのだ。

その短い一分の間、私は、この部屋でただ一つ自然の木でできた大きな机を前にして、いや後ろにして、窓から東京の断片をぼんやりと眺《なが》めている。まるで今からこの部屋に入ってこようとしている患者にも、今から始めようとしているいつも通りの仕事にも、もううんざりしてしまったというようにドアとその机に背を向けて、回転椅子《かいてんいす》を四分の一回転させながら、そのたびに揺れる窓のむこうの町を――

夕暮れが近づいて、まだ白い暮色が、この部屋以上に無彩で退屈な東京の断片を、いつもより優しく、もの哀《がな》しく見せている。

部屋にともった蛍光灯《けいこうとう》の透明な光が、窓ガラスの東京の断片の中に、この部屋と、私の顔とを浮かびあがらせている。四十六歳の、髪に白髪《しらが》をまじえいかにもこの仕事にふさわしい知的さと貫禄《かんろく》と優しさとを感じさせる顔――

ノックもなく突然そのドアが開かれる。若い女が入ってくる。

「そこの椅子に座って下さい」

私はふり返ることなく、そう言葉をかける。

背を向けている私にとまどったのだろう、女の顔にかすかな驚きとためらいが浮かび、ほんの数秒ぼんやりと突っ立ち、それから遠慮がちに足をその椅子へと運び、浅く腰をおろす。女の患者はみんな同じだ。いや男の患者だってみんないつも同じようにとまどって突っ立ち、遠慮がちに腰をおろす。

私は、しばらくふり返るのを忘れて、窓ガラスに映ったその女の顔を観察し続ける。今日の患者は、若いのに似合わない垢《あか》ぬけなさを感じさせる。後ろで結んだだけの、髪型とは呼べない髪型、中小企業の事務員を思わせる味けない眼鏡、一瞬のうちに私はそれが、男の誰にも相手にされないような種類の女であることを見てとる。

そして同時にまた、その眼鏡をはずせば案外可愛《かわい》い目をしているに違いないこと、ほどいて肩に垂らせば、柔らかいきれいな髪をしているに違いないことを私の目は一瞬のうちに見てとっている。着ていても意味のないような服の下の体が豊かな肉づきと汚れのない白い肌《はだ》をもっていることまで……

私は椅子をゆっくりと半回転させ、ふり返り、その患者と向かいあう。そう、私は彼女たちを患者と呼んでいるのだ。私はこの部屋が病院の一室ではないことを思いだす。人はただ都会生活ですりきれた心をほんの一ときいやすためにこの部屋を訪れ、他人には語れないさまざまな言葉をごみ箱のように棄《す》てていくだけなのだ。私の仕事の内容からすれば、客と呼んだほうがいいのだろうが、この何年間か、私は彼女たちを私の患者と呼び続けてきた。もちろん自分の胸の中だけで――ただし患者には私は「先生」と呼ばせることにしている。私は正規の資格をもった医師ではないから多少気がひけるが、この仕事では、まず患者に私を尊敬させ信頼させるのが何より重要なのだ。

私は入ってきたその患者を見つめ、安心させるために親しげな優しい微笑を浮かべる。そしてその瞬間から、私は私の患者とこの仕事とを愛し始める。患者が、私がやはり胸のうちだけで「治療」と呼んでいることを終えてこの部屋を出ていくまで……

私は患者に笑いかけながらいつも通りの言葉を口からゆっくりと流しだす。

「気楽にして下さい。何の心配も要りません。緊張を全部棄てて、ただ私を信じて、気持ちを全部私に委《ゆだ》ねるのだと思って下さい。そう気持ちだけでなく体も……」

「今の時代は誰もがいろんな悩みをもってるものです。あなただけではないこと――それをまず自分の胸にしっかりと言い聞かせてごらんなさい。人間はみんな自分だけが不幸だと考えがちです。他の人がみんな幸福に見えて自分だけが、ひとり残されているような焦《あせ》りと淋《さび》しさを感じるのです。でもそれはみんなそうなんです。一人として例外なんかない、現にこの私だって、自分をこの世界で一番不幸な人間だと思ってますよ。毎日、毎日こんな会話のくり返し、こんな殺風景な部屋、……自分に絶えず自信がなくなって、もうこんな仕事はやめてしまおうかという思いがいつも頭から離れずにいる。まさか私がそんな風だとは見えないでしょう」

私は患者を安心させるためにそんなことを言い、相変わらず微笑《ほほえ》んでいる。

私の言葉の効果はすぐに現われて、患者は眼鏡をずりあげながら、安心したようにかすかに微笑して肯《うなず》く。

「その眼鏡をはずしてみましょうか。視力はどれぐらいなんです」

「0・2と0・4です」

「だったら、これぐらい近距離にいる私の顔を見るには不都合ではありませんね」

「……ええ」

患者はそう答えて、ためらいながらも眼鏡をはずす。美しいとは言えないが想像した通りのつぶらな目が現われる。衣裳《いしょう》をはぎとられた裸の目は、恥かしそうにうつむいている。私はこの患者には何かコンプレックスがあって、それを隠すために眼鏡をかけているのだと判断する。0・2と0・4なら日常生活では眼鏡をかけなくてもさほど困らないはずなのだ。何かのコンプレックスを隠すために、自分の容色をわざと悪く見せようとしているのだ。化粧をしていないのも、眼鏡をかけているのも、髪を手入れしようとしないのも——

「ずいぶんきれいな目をしているのに、何故《なぜ》眼鏡なんかかけているんですか」

私は語尾に疑問符と感嘆符を混ぜこみ、大袈裟《おおげさ》に驚いてみせ、まずそのあたりから、探りをいれようとする。

「眼鏡をかけていないと落ち着かないとか」

尋ねながら、何気なく壁の時計を見る。もう患者が入ってきて十五分が過ぎようとしている。大抵の患者は、私の微笑にすぐには騙《だま》されてくれず、しばらくは目に警戒心を覗《のぞ》かせて唇《くちびる》を閉ざしがちにしているのだが、それでも十分もすれば私のペースに巻きこまれ、自分からむしろ話を始めようとする。それなのにこの患者は、私が何を語りかけても最小限の言葉でしか答えようとせず、まだ目から警戒心を消そうとしない。私は苛《いら》だって机の上のインターホンをちらりと盗み見る。この部屋の隣りに小さな控室がついていて、いつもならそこに若い男の助手がいるのだが、彼は偶然にもついさっき、用があるから一時間ほど外出させてほしいと言って出かけたのだ。そうでなくても、どのみち何かの理由を作って強引に追い払うつもりでいたが、今日はついているなと思ったものだ。入ってきた患者も、一目見るなり、私の望み通りになりそうなタイプだった。長年のカンでそう確信した。それなのに刻々と時間が無駄《むだ》に過ぎさっていく。控室のインターホンのスイッチをこっそり入れておいたから、助手が戻ってくればドアの音と足音でわかることになっているが、それまでにあと四十五分しかないのだ。いや四十四分――それだけの時間で、いつも通りの治療をこの患者に与えることができるだろうか。

私は苛だちながらも、それを微笑の中へ完璧《かんぺき》に包み隠し、何も答えようとしない患者にもう一度同じ質問を向ける。今度も沈黙しか返ってこない。だが私が別の質問に切り換えようとしたとき、

「私、男に見られたくないんです……」

今までの愚図ついた沈黙が信じられないほど、きっぱりその女はそう口にしたのだった。警戒心のかわりに私に対して何かを挑《いど》むような鋭い光が目を満たしている。

男？　たぶんこの女は私の中にも男を見ているのだ。これはいい徴候だ。今の返事

だって私の望み通りのものなのだ。もしかしたら心配していたよりずっと早く核心に近づけるかもしれない。そう、今日はついてるのだから……

女が私に向けている目の光は私への敵意に違いない。いや、私もまた一人の男であることへの敵意なのだろう。だがいくらその敵意で誤魔化そうとしても私の目を欺《あざむ》くことなどできはしない。その敵意の裏にひそんだ欲望を私の目は簡単に見ぬいてしまっている。

欲望――

私の一番好きな言葉だ。この言葉を胸の中で呟《つぶや》くたびに、私は夜明けの水平線を思いだす。暗い海の底の眠っていた太陽が、それでも少しずつ目ざめ、まだ空の低いところだけをうすい白さで光らせている。この女の体のいちばん暗い箇所にもそれは眠っている。今から十五分もすれば、私の手がそれをそっと優しく揺り起こし目ざめさせることになる。彼女たちはみな、欲望という言葉を毛嫌いする振りをしているが、私の治療を受ければ私と同じようにそれが一番好きな言葉になるはずだ。

間違いなくこの女も――

「そうですね。あなたのような美人なら、男たちの視線にたえずつきまとわれて、ただ煩《わずらわ》しくなるでしょうね。それはわかります」

「いいえ、私は美人ではないわ」

女は口ではそう答えながらも、私の言葉にかすかに安堵《あんど》したような表情を見せ、目から私への敵意を消した。

「ただ……」

「何ですか。遠慮しなくてもいいんです。自分の言いたい言葉を口にすればいいんです。言葉というのは、休の中に閉じこめておくと重くなるでしょう。それを吐きだすというのも人間の本能です。誰にもある本能です。だから何も恥かしがることはありません。ずっと気持ちが楽になりますよ」

女は肯きながらも、やはりまだ勇気がもてないらしく、擦りきれたレコードのように「ただ……」という言葉ばかりをくり返していたが、それでもやがて私の微笑にうながされ思いきって、

「ただ今はそうではなくても、子供の頃は、とても綺麗《きれい》で可愛くて、みんなから愛され見つめられてました」

一気に言葉を吐き出した。そんな言葉を本当に喋《しゃべ》ったのか自分でも信じられないように、女は数秒間茫然《ぼうぜん》とし、それから深いため息をついた。喉《のど》につかえていた石を吐き出してホッとしたのだろう。

「本当に天使みたいに綺麗で、自分でも鏡を見るのが大好きでした。でもそれは昔のことです」

「今だって充分美しいですよ」

「いいえ。三十年前の私とは較《くら》べものになりません」

私は、おや、と思う。若そうに見えるのにもう三十をとうに越しているのだろうか。

「それは何歳の頃のことですか」

「六歳の時です。誕生日に私は両親から雪のように白いレースのドレスを着せられ、髪に花を飾られ……集まったみんなが私の美しさに驚いて言葉も失ってただ私を見つめていました」

私はもっともだと言うように何度も肯いてから何気なく尋ねる。

「年齢を聞き忘れていました。今は何歳なのですか」

「だから三十六になります」

とてもそんな年齢には見えない。化粧っ気がなく暗く見えるが肌にはまだ二十代前半の若々しさが残っている。私はわずかに落胆するが、地味な灰色のセーターの下の体を想像して気をとり直す。体も顔と同じ若さを保っているに違いない。男に敵意を抱いているようだが、とするとまだ男を知らない体だろうか。いや、そうではないな。過去に男と何かがあったに違いない。何か、男に対する夢を粉々に砕かれてしまうほどの不幸な体験が……

「いつ頃まで自分を綺麗だと思っていましたか」

「六歳の時から……十二歳まででです。小学校を卒業するまで。ある日突然誰も私を見つめなくなり、私も鏡を見なくなりました。いいえ……」

女は緩やかにとも激しくともとれる不思議な首の振り方をしたが、

「いいえ、それからもみんなは私を見つめ続けています。でもそれは、その時まではまったく違う意味の視線で……醜くなった私を嘲笑《あざわら》うように見つめるんです。だから私は眼鏡で顔を隠していないと落ち着かないんです」

「その時というのは十二歳の時ですね」

女は肯いたが、ふたたび目に警戒するような光を放った。暗闇《くらやみ》の中をゆっくりと近づいてくる小さな懐中電灯のような光だ。〝その時〟について私がさらに追及してくるのではないかと不安がっているのだ。もちろん私は、微笑と穏やかな声とで、さらに追及する。

「十二歳の時に何かがあったのではありませんか。その後、男性の視線が怖くなるような——つまり男性に対する考え方が根本から変わってしまうほどの何かが……」

私と視線が合うと、女は慌《あわ》ててその目をそらした。しばらく沈黙。

「あなたは今でも充分綺麗です。実際には子供の頃と外見は大して変化していないはずです。ただ何か大きな衝撃を受けて、内側の精神が歪《ゆが》められてしまったのではないかと想像するんです。実際に醜くなったのではなくて、男性に醜く見てもらいたいと思うようになってしまっただけだと——」

女はかすかに首を振った。だが、本当は肯きたいのだ。女が自分でも気づかずにいるその心理を私は見ぬいている。この仕事を続けていると、人間は誰もが同じ部品でできた機械なのだと思えてくる。ただあまりに複雑な機械なので、当人でさえ自分の奥底にどんな部品があるのかわからないだけだ。今、この女に首を振らせたのは、表面のごく単純な部品の動きだ。奥底の部品は自分が美しいことをちゃんと知っているし、男の視線を昔と変わりなく望んでいるし、視線だけでなく男の手が自分へと伸びてくるのを期待しさえしている。

しかし機械というなら、女というのは何と美しい機械だろう。

セーターでは隠しきれない胸のふくらみ、セーターから黒いスカートへと流れ落ちている腰の線、スカートからこぼれだした脚。

とりわけ私は、スカートの裾《すそ》に隠された、腿《もも》のあたりの狭い闇が好きだ。死角に隠れている、もっと濃密な闇を秘めた美しい部品を想像するのが好きだ——

女のスカートは色は地味だが、丈が短くて腿が数センチ覗いている。それが、この女が実は男の視線と手とを渇望しているのをはっきりと物語っている。女は相変わらず目をそらして黙りこんでいるが、それでも時々、私がもう何もかも見ぬいているのではないかと心配するように私を盗み見、観察しようとする。

私の方では女が目をそらしたスキに、腿に挟《はさ》まれた窮屈そうなその闇を盗み見る。あと三十六分。そろそろ核心にせまらなければ、治療の時間がなくなってしまう。

「たとえば十二歳の時に、男から性的ないやがらせを受けたとか——」

女は今度は激しく首を振った。だが、その激しさで逆に女は私の質問を肯定したようなものだ。

「フロイトを知ってますね。今ではもう学説としては古いものとして無視されかけていますが、過去の性的な体験がその人の後の行動を、時には人生までも決定してしまうという考え方に、私は両手《もろて》をあげて賛成しているのです。少なくとも私が出《で》逢《あ》ってきた人たちはみんなそうでした。たとえばその人の小さな癖でも、それを過去にさかのぼって分析していくと、子供の頃のちょっとした性的な体験にゆきつくのです」

　女はまだ首を振っている。

「性的なことというのは、特にあなたのような若い女性にはなかなか口にしづらいでしょうね。それはわかります。多くの場合は一体自分の過去のどんな体験と現在の悩みとが結びついているのかを知らずにいるもので、それを見つけだすまでが大変ですが、あなたの場合は、もっと簡単に済むと思うんです」

「どうしてですか」

　女は目をそらしたままそう尋ねてきた。声も体もかすかに震えている。

「あなたは自分でそれにもう気づいていると思うんですよ。どんな体験が関係しているのか――ただそれがあまりに忌《いま》わしい体験なので、現実に起こったことだとは認めたくないのではありませんか。それを認めさえすればあなたは簡単にその体験から解放され自由に」

　その時、私の言葉を断ちきるように突然女は顔を向け、

「だったら先生はどうなんですか。誰もがそうだと言うのなら、先生だって何か過去にあるはずでしょう」

挑みかかるような声で言った。目にも挑戦的な光があって、それは太い針のように私を突き刺そうとしている。一瞬前まで、不安に怯《おび》えていたのが信じられないような変貌《へんぼう》だったが、私は別に驚いたりしない。私の想像はおそらく的を射ていたのだろう、追いつめられ守備しきれなくなって、突然女は攻撃に転じてきたのだ。そういう例はしょっちゅう見ている。私はただ今まで以上に柔和な微笑を顔に浮かべただけだ。

「私の方から言おうとしていたところですよ。私だって同じだと……まあ、ずいぶんとたくさんあるのですが、一つだけお話ししましょう。私は喉がかわくと何故か女性を抱きたくなるんです。街を歩いていたりしても、ふっと喉がかわいていることに気づくと、性衝動が起こるんです。こうやって喋っている時でも」

私は微笑に包み隠した目で、じっと女の目を見つめ返す。

「もちろん理性でその衝動をおさえますが。今、何故かと言ったけれど、自己分析して理由はわかっているんです。ずいぶんと幼少の時のことなので、なかなか思いだせなかったんですが、ある時コップで水を飲もうとして、そのコップを落とした瞬間にふっと蘇《よみがえ》ってきたんです。……もの心ついて間もない頃だったんでしょうね。夜中に目がさめて、水が飲みたくなったんで、台所へ向かったんです。そうしたら、両親の部屋から聞いたこともないような女の声が聞こえて……誰がいるんだろうと思って障子の破れ穴から覗いてみると、いるのは父親と母親だけで、二人の体が一つになったように絡《から》み合っていて。つまり性行為をしていたんですね。もちろんそれがどんな行為かもわからないまま、好奇心と恐怖感で小さな体を満たしながら、父親の泣いているのか笑っているのかわからないような歪んだ顔からしばらく目を離せずにいたのです。母親が他人の女のような声を出し続けて……結局水を飲まずに布団《ふとん》に戻ったのですが、体がどんどん熱くなっていき、それとともに喉のかわきがいっそうひどくなって、一晩眠られなかったんですね、すぐにそれを忘れてしまったはずなのに、意識の最下層でははっきりと憶《おぼ》えていて、四十年近く経《た》った今でも喉のかわきと性行為とを鎖で縛るようにしっかりと結びつけているんです。そう今でも……」

私はもう一度、女の目を見つめる。

「ただ、あの時の記憶をとり戻してからは、不安が消えたのです。それまでは、喉がかわくたびに起こる性衝動の得体が知れないので、説明のつかない不安を覚えたものですが」

私は手にしていたペンを机の上におき、立ちあがると、机の前面へとまわった。

女はその間一度も視線を私からはずさず、私が軽く机に腰をあてて立ってからも数秒私を見あげていたが、やがてうつむいた。いやうつむいたのではない。女の目の真正面に、私の下半身がある。まだ一メートルほど距離があるが、女の目は一瞬だが視線を鎖にして投げつけてくると、私のその箇所を縛りあげ、すぐにそんな自分に気づいたらしく慌てて横を向いた。

「実はもう一つ話さなければならないことがあるんです。私とあなたとの間にある柵《さく》をとりはずすために」

　私はその視線に気づかなかったふりでゆっくりと喋り出す。

「非常に恥かしい話ですが、私も勇気を出して話してみますから、一つ約束して下さい。私がそれを話したら、あなたにも話してもらいたいのですよ」

「何をですか」

「今、口にしようとしながらできずにいる事をですよ」

　女は何か言い返そうとしたが、私と目が合うと唇を閉ざし、ためらいながらも小さく肯いた。私も相槌《あいづち》をうって肯くと、

「これも子供の頃の話です。小学校四年の時だったんですが、夏休みに長野にある母親の実家に行って、二歳年下の従妹《いとこ》と二人だけになったことがあるんです。従妹

は広い畳の部屋で昼寝をしていて……」

まだ幼い、細い腿が、めくれあがったスカートの裾から流れだしていた。わずかに両脚は開かれていた。

都会にはない、青草の匂《にお》いが戸も襖《ふすま》もはずしただだっ広い部屋にあふれていた。草が太陽に焼かれ、緑の火となって燃えあがるような匂い、それから古い農家の朽ちかけた木の匂い、高い天井の梁《はり》の上の、昼間でも陽《ひ》の光をよせつけようとしない昏《くら》がり、私が額にかいていた汗、畳の上に散らばった少女の短い髪――

長野に母親の郷里があったことも、夏休みに何度かそこへ遊びにいったことも、二歳年下の従妹がいたことも真実だが、あとはその場で思いついた適当な嘘《うそ》だった。私は女の顔に視線を注いだまま、少し早口に喋り続ける。

真夏の太陽が西へと大きく傾いていた、最初少女の爪先《つまさき》を白く焼いていた光は、少しずつ脚の上方へと這《は》いあがっていった。少女の脚が陽に焼けて黒いので、その光の動きがはっきりと読みとれた。足首から膝《ひざ》へと、膝から腿へと……脚の皮膚をさらに黒く焦《こ》がすような鋭い、熱い光だった。

「その光が、二本の腿を割るように進んでいって、スカートの裾に隠れていた闇に届いて白い下着が覗いて……その下着の中に何があるのか、まだ正確には知らない年齢でしたが、私はその部分に視線を釘《くぎ》づけにして座りこんでいたんです。いや、何故それを見ていると自分の体が湯気でも吐くように熱くなってくるのかもわからなかったし、下半身に起こり始めた変化にどんな意味があるのかもわからなかったんです。太陽の光がスカートの裾を少しずつめくりあげていって、下着がさらにはっきりと見えてきて……そう思っていたんです。スカートを剝《は》がしているのが自分の指だと意識できなかったんですね。額から流れ落ちた汗が下着を点々と濡《ぬ》らして……それが自分の汗だということにもやはり気づかなくて、その子の体の方が濡れているんだと思ってましたよ」

もちろん私がこんな話を始めたのは、この女を安心させるためなんかではない。ただ刺激するためだけだ。この種の女が言葉に弱いことを私は熟知している。こういう恥かしい話にはとびきりの想像力をもっていて、今、私の言葉は針のように鋭くこの女の一番感じ易《やす》い部分を突き刺しているに違いない。

その証拠に女は私の顔を食いいるように見つめながらももう三度もその目を私の体の下方へとすべらせた。それはほんの一瞬のひどく狡《ずる》そうな目だが、そのたびに目は、私の望み通りの光を帯びてきた。暗く湿った光――

私は無意識を装って軽く自分の腿の内側をさすり、その目をいっそう湿らせる。

私の言葉を聞きながら女は何度も「やめて」と言うように首を振ったが、本当は私の次の言葉が待ち遠しくて仕方がないのだ。運のいいことに私は低くやわらかい声をもっている。私はその声をさらに低くやわらかくし、言葉の針を研ぎすます。

「そう、いつの間にか指が下着の中にすべりこんでいて……その子の体の不思議な感触を今でも憶えていますよ。硬いけれど男の自分の体とはまるきり異質の硬さで、指でゆっくりとさすれば柔らかくとけてしまいそうな……私は自分の伸びた爪でその肌《はだ》を傷つけないように注意しながら、少しずつ指を下の方へと伸ばしていきました。伸ばしきった先に何があるのかは知らなかったのですが、必ず何かを探りあてるのだという確信のようなものがあって……少しずつ……少しずつ……安らかな寝息だけが聞こえてきて、それがあと四センチ、三センチ、二センチと呟《つぶや》いている私の呼吸と完全に重なって……そうあと一センチ」

「やめて下さい、もう」

女は呻《うめ》くように言った。私の声が指となって自分の下着の中をまさぐっているような気になったのだろう。かすかに喘《あえ》ぎが胸を波うたせている。

「だったら、約束通り、あなたの方の話を聞かせてくれますね」

女は一度首を振ったが、すぐに思い直したらしく、小さく肯いた。まだ乱れている息を誤魔化すように指を咬《か》んだ。苛だたしそうなその仕草が女の体の中に起こっている煩悶《はんもん》を私に伝えてくる。その指は次にスカートの裾をつかんで腿を隠そうとしたが、本当は逆に腿をあらわにしたい衝動に襲われていることを、その指の震えで私は見ぬいてしまう。

「そこのベッドに横になって下さい。その方が話しやすいでしょう」

同じ言葉を三度かけても女が立ちあがらないので、私が近寄ろうとすると、女の口から不意に、

「絵を描《か》いてみます」

そんな言葉が吐き出された。

「あの時のことを思いだすと何故か不思議な絵が浮かんでくるんです。自分でも説明のつかない……それにどんな意味があるか教えてもらいたいんです」

あと三十二分。私は焦《あせ》っているが、女が簡単に描ける絵だというので、机の上を見まわし、ノートとペンをとって女に渡した。女はペンを握る指を小刻みに震わせながらも、あっという間にその絵を描きあげ、数秒ためらってから、私に見せた。

私はもう少しで眉《まゆ》をひそめてしまう所だった。何の絵か見当もつかない。ペンで荒っぽく塗りつぶされた黒い部分に葉っぱに似た形がいくつも浮かんでいる。

「なんの絵ですか」

「私にはわからないんです。説明して下さい」

時間の無駄だと思いながら、次の瞬間にはこの絵をちょっとだけ利用してみようと考え直した。

「この木の葉のようなものは手でしょうね。手というのは性的なものの象徴です。あなたの中にそれを激しく求める気持ちがあるのではないかと思いますね。求めながら同時に同じ激しさでそれを拒絶しようとしている。そう、これは男の手です。あなたはこんなにもたくさんの男の手が自分へと伸びてくるのを求めながら、それをまた拒もうとしている。しかし、どうしてでしょうね、性的なものへの関心、はっきり言ってしまえば欲望は人間が誰でも普通にもっているものです。それのない人間の方が不自然なのですよ。何も恥かしがる必要はありません。罪悪感をもつことの方がむしろ間違いなのです。さっき私がした話だって私は少しも恥かしいことだと思っていませんよ」

あと二十九分。私はもう時間の限界がきたと思い、「さあ、そこに横になって」そう言いながら、女の肩を優しく抱きかかえるようにして隅《すみ》の簡易ベッドへと連れていった。私の今の言葉がいくらか効を奏したらしい、女はわずかに安堵の表情を浮かべ、私に従う気になったと見え、素直に横になった。

「全身から力をぬいて。何も考えてはいけません。ただ私を信じればいいんです。すべてを私に任せる気で……」

まだためらいが残っているが、それでも女は肯いた。私が束ねた髪をほどくように言うと、それにも素直に従ったし、私自身の手で、セーターの下に着ているブラウスのボタンをはずしてやっても逆らわずじっとしている。

「さあ、ゆっくりと話してごらんなさい。あの時のことを」

女は閉じていた目をゆっくりと開き、覆《おお》いかぶさっている私の顔を見つめながら肯いたが、すぐにはまだ決心がつかないらしい、「十二歳の時――」ただその言葉だけをすり切れたレコードのように何度もくり返し、それから突然、「十二歳の時、私は兄に姦《おか》されたんです」思わず私がたじろぐほどの大声を口に爆発させた。

「十二歳の誕生日の晩、パーティの途中で私が皆に見られるのに疲れて部屋に戻ってベッドに横になっていると兄が入ってきて……」

堰《せき》を切ったように女の唇から言葉が溢《あふ》れだした。言葉の勢いに唇が何度も痙攣《けいれん》する。

「さっきの話と同じなんです。私が眠ったふりをしていると、水色のドレスの裾が、重苦しい風がじわじわと忍びこんでくるみたいにゆっくりとめくれあがって……その晩の私も水色の花模様のドレスを着てとても綺麗だったから、みんなの視線に縛られて人形になったみたいな気がしていて……そのうちに手がさっきみたいに私の下着の中に入ってきて……でも私は自分が人形なのだからじっとしていなければいけないと思って……」

女は顔を体をぶるぶる震わせながらも、そのベッドに釘づけになり、屈《かが》みこんでいる私の顔を食いいるように見つめている。私ではなく二十何年か前の兄の顔を見ているのだ。つぶらな瞳《ひとみ》も恐怖で震えている。いや恐怖だけではない。その瞳を震わせているのは決して恐怖だけではない。

「大丈夫です。心配しなくてもいいんです」

私は柔らかい息をその顔に浴びせながら、波うっている胸に同じ柔らかい手をおいてその波を鎮《しず》めるようにそっと手で撫《な》でてやる。

「兄もそう言いました。大丈夫だ、心配しなくていい……私は肯いたんです。何をされるのかはわからなかったけれど、私は綺麗なのだからこういうことをされても仕方がないのだって気がして……私のような可愛い子はみんなこうされるんだって……」

思った通り女は私の手に逆らおうとはせず、ただ私の柔らかい手の動きを受けいれている。体は少しずつ静かになり、目の色が恐怖から安堵へと、さらに喜悦へと変わっていく。口には出せない歓《よろこ》びが、目をあの湿った光で満たし始める。私の手のひと撫でごとに、胸のふくらみが豊かになっていくのが、セーター越しにもはっきりとわかる。

「兄さんはこうしたんだね」

私はその手を下方へとすべらせ、スカートの中へ忍ばせる。女は一瞬体を硬くしたが、それはほんの一瞬だ。

「何も怖がることはないんです。兄さんは何も悪いことはしなかったのだし、それを人形のように受けいれたあなたも悪いことなどしていないのです」

私はまだ優しく微笑みかけている。その微笑や言葉よりも、すでに腿をまさぐり始めている私の指に女は深い安らぎを覚え、目を開き相変わらず私の目を見つめながらも眠ったような静かな表情を見せている。指が下着に触れた。薄い、肌の続きのような下着だ。それが何色をしているか、私は指の感触だけで感じとろうと言うように撫でまわしながら、ふと、その下着をつけたまま女を抱き、下着を突き破って女の中へ入りこんでいきたい衝動に駆られる。「兄さんはこうしたんだね」私はもう一度、いや、二度三度とその言葉だけをくり返しながら下着の中に手をすべりこませる。その薄さは実際もう一枚の肌のようで、指が肌と肌との透き間を縫って進んでいく気がする。やがて指に、髪よりももっと細かく柔らかい感触がからみついてくる。最後の部分にそうも簡単にたどりついてしまうのをためらって、指はその茂みの細い草と戯《たわむ》れている。女の体が感じとっている歓びが茂みに漣《さざなみ》を起こし、微風のように通りすぎていく。風といっしょに暖い雨が通りすぎていったように濡れて、闇《やみ》に潜んだ草は心地よい湿り気を私の指に伝えてくる。

女の体の潤《うるお》いは目にも溢れきっている。私はこういう時、女が深い眠りにつくように目を閉じている方が好きだから、女にそうするように言い、女が目を閉じてから、思いきって一気に指をその部分へと伸ばす。女の唇は熱い呻きを吐きだし、閉じた目から溢れきっていたものが涙となって流れだす。その白いしずくは耳にふりかかっていた髪をつたい落ちていく。私はズボンの裏の闇にも、女がこの部屋に入ってきた時から溜《た》まり始めた物が溢れだし同じ白く濁ったしずくとなってこぼれ落ちていく。私はもう優しい微笑を装ってはいない。欲望に顔を歪め、たまらなくなって女の唇に唇を押しあて、同時に下の唇を指で割った――

その時である。

「どうかしたんですか」

女の冷たく乾いた声が聞こえた。

私は反射的に時計を見る。あと十九分。女はまだ椅子に座り、不思議そうに私を見つめている。一瞬私は我に返った自分の方が信じられず、また別の妄想《もうそう》が始まったような気がした。まだ何も起こっていない。それは頭の中でだけ起こったことだ。それなのにもう十分近くも私は無駄にしたのだ。時間がない。急がないと——私の手はまだ女の描いた馬鹿《ばか》げた絵を握っている。どこから、妄想は始まったのだろう、私は苛だちを隠し、

「誕生日の話が確か途中まででしたね」

優しい声で尋ねた。

「誕生日の話？」

「そう、十二歳の誕生日の……」

とすると私はまだこの女から何も聞きだしていないのだろうか。あと十七分。話を聞いている時間などとてもない。女はいつの間にか眼鏡を顔に戻していて、レンズ越しの冷たい目で私を見ている。その目を潤ませている時間はもうないのだ。

「それじゃ話を聞きましょう。そこのベッドに横になって」

私は言うと同時に、女に近づきその肩をつかんだ。女は激しく首を振り、私の手を払い除《の》けようとする。想《おも》い描いていたのとはあまりに違う女の嫌悪感をむき出しにした顔にとまどいながらも、私は全身の力をふり絞って抗《あらが》う女の体を抱きかかえ、ベッドまで引きずっていった。椅子が倒れ、女の悲鳴が蛍光灯の光に隠れて部屋の中に忍びこんでいる暮色を引き裂く。

「大丈夫です。心配しなくてもいいんです」

私は女の体をベッドに倒し、口を塞《ふさ》ぎ、そう声をかける。私はまだ優しく微笑んでいる。それなのに私の手からはみ出した女の目はただ恐怖で震えている。大丈夫だ。あと三分もすればその目から恐怖が消え、そのかわりに安堵が、喜悦が……心配しなくてもいい、女の暴れまわる両脚を自分の両脚で挟みこみながら、その言葉を私は必死に自分に向けて言い聞かせている。こういう女はみんな同じなんだ。手をスカートの中に入れさえすれば大丈夫だ。私は頭と左腕で女の体を押えこみながら右手をスカートの中に押しこむ。それまで塞がれていた女の悲鳴が部屋中にこだまする。女の目が恐怖でふくれあがっている。私の手はもう腿をゆっくりとまさぐっている余裕などない。すぐに下着をつかみそれを……

その時ドアの音が聞こえた。その部屋のドアではなく控室のドアが開く音が机の上のインターホンから聞こえたのだった。私は一瞬たじろぎ、その一瞬を狙《ねら》い女は思いきり私の体を突き倒すと、ドアへと走った。そして次の瞬間には、女の姿はもうそのドアの向こうに消えていた。

私は床に倒れた体をゆっくりと起こし、転がった椅子の角で額に傷を負わなかったかを確かめる。

「どうかしたんですか」

控室から助手の声がインターホンを通して聞こえてくる。

「襲われたのよ、あの男に」

荒い息で乱れた女の声がやはりインターホンの中から聞こえた。

「よかったわ、早く帰ってきてくれて。あと少し遅かったら私……」

「一体、何があったんです」

「わからないわ。最初から変な患者だとは思ってたんだけど。先に部屋に通しておいたでしょ、あなたが出てった後、部屋に戻ってみたら、私の椅子に座っていて、私に自分のことを先生と呼べっていうの、まるで自分の方が治療するみたいに……次々に私に質問を向けてきて……ともかくこの種のカウンセリングでは患者に喋りたいことを喋らせるのが基本だから、私は答える方にまわって喋りたいように喋らせながら、観察を続けていたのよ。巧《うま》いことリードして子供の頃の性的な体験を喋らせたり、絵を描いてその絵に何を想像するか答えさせたり……いつもの方法を試してみて、どうも幼い頃に両親の性行為を目撃したのが原因で性的に異常な感覚をもっているみたい――そのうちに黙りこんで、十分ほど焦点の定まらない目で空中を見つめていて、我に返ったあとわけのわからない言葉を呟いて、私をベッドに倒して……」

声のあとに長いため息が聞こえた。

「警察を呼びましょうか」

「そうね。呼んだ方がいいわ。私が初めてじゃなく私のような仕事をしてる女性を専門にしてる変質者じゃないかって気がするし……きちんとした精神科医に診察してもらった方がいいかもしれないわ、ああいう患者は」

声はなおも続いた。

「先生、いつも私はただのカウンセラーだから患者とか治療とかって言葉は使わないようにって自分で言ってるのに」

「ごめんなさい、気が動転してたものだから。それにあんまり特別なお客だったものだから。ともかく警察へ電話してちょうだい」

冷たい声に続いて、この部屋の錠をおろす冷たい音、電話のダイヤルを回す冷たい音。

私はまたその回転椅子に座り、窓を眺める。短い時間のうちに夜が帳《とばり》をおろし、ネオンの瞬《また》きだけがそこに町があることを想像させる。私は、すべてを死角に変えてしまうこの夜が好きだ。闇の中に潜んでいる町を、ネオンの光から想い描くこの瞬間が好きだ。窓ガラス一枚むこうの夜に、光の檻《おり》のようにこの部屋が浮かんでいる。私を囚人のように、重症の病人のように閉じこめて。違う、患者はあいつらの方だ。あの精神科病院の女医や、あのクリニックの五十になる独身女性カウンセラーの方だ。とりすました、仮面のような冷たい顔の裏に欲望を無理矢理押しこめているあいつらの方だ。あいつらの仮面を壊してやり普通の女に戻してやるのが、私の使命であり、義務であり、一生の仕事であり、職業なのだ……私はまだ微笑んでいる。本当に優しい顔で微笑んでいる……

路上の闇

乗りこんだ最初の瞬間から運転手の目は警戒の色をあらわにしていたと思う。いや、運転手はまだ一度も後席に座った山岸《やまぎし》をふり返ってはいないし、後席からは背を向けた運転手がどんな目をしているのかもわからない。乗りこんだ時、ルームミラーでちらっと客を確認しただけだ。その後は一度もルームミラーに視線を投げてはいないのだが、背中の肩のあたりに普通ではない緊張したような硬さが感じとれた。

車内は灯《ひ》を落として暗いが、時々すれ違う対向車のライトが、運転手の上半身の背中から後頭部をシルエットとして浮かびあがらせる。

前方の夜の高速道路を見つめたまま、その背中で客の様子を必死になって探ろうとしている。

山岸はそう思った。

板橋《いたばし》区のはずれでタクシーを拾ってからやっと十五分近くが過ぎたが、それでもまだ熊谷《くまがや》の自宅に着くまでに一時間以上ある。

十一時少し前。

山岸は腕時計の夜光の針でその時刻を確かめてから、体を運転席とは反対の左側のドアへとずらせた。

運転手の顔色をうかがうためだった。

だが斜め後方からの視線でも、やはり運転手の何もわからない。

助手席の端に名前と写真が掲示してあるのだが、薄暗くてはっきりとは見えなかった。

帽子と夜とに隠れて、黒いロボットのようにしか見えない。事実ハンドルを握った手がわずかに動いているだけで体は、黒い金属で作られたように固まっている。

それが後席の客を、つまり自分を警戒して緊張しきっているように山岸の目には映るのだった。

何か一言でも口にしてくれれば年齢ぐらいは想像できるかもしれないのだが、何も喋《しゃべ》ろうとしない。沈黙はいよいよ重くなってきて、山岸の方から声をかけるきっかけを作ってくれない。

その沈黙と暖房で妙になまあたたかい車内の闇をカーラジオから流れだす歌謡曲が壊そうとするのだが、その陰湿なひきずるような女の歌声を吸いこみ、はらんで、沈黙の重苦しさもなまあたたかさもますます耐えがたいものになってくる。

外は真冬の冷たさだというのに、てのひらとうなじにうっすらと汗をかいている。それが暖房のせいとは思えなかった。真夏でも汗をほとんどかかない体質である。

考えすぎだ――

山岸は何度も自分に言い聞かせた。

運転手は別に俺《おれ》をタクシー強盗だと疑っているわけではない、ただこういう無口な男だというだけだ、無口で無愛想な運転手の方が多いではないか。

たとえそう疑われているのだとしても、怯《おび》えるのは俺ではなくこの運転手の方ではないか――いや、……そう、確かに運転手は怯えている、確かに俺をタクシー強盗だと疑っている。

乗りこみ、車が動きだして間もなく、カーラジオの歌番組が中断し、不意に、

「さきほどお伝えした連続タクシー強盗事件で新しい情報が入りました」

アナウンサーが乾いた声になった。

「今夜九時練馬《ねりま》区豊島園《としまえん》付近で、九時半に和光《わこう》市で、さらに十時すぎに板橋区で相次いで起こったタクシー強盗事件を警察は同一犯人の犯行と見ていますが、第三の板橋の事件の被害者野川《のがわ》タカシさんの証言で、犯人は年齢四十前後、小柄《こがら》で痩《や》せぎ

す、紺色のコートに黒のマフラー、黒い鞄《かばん》をもっていたということです。犯人は野川さんのタクシーを板橋区で拾い、しばらく銀座《ぎんざ》方面へと向かった後、忘れ物をしたから戻ってくれと頼み、車がもとの場所へ戻り停車した瞬間を狙《ねら》って、スパナ状の鈍器で野川さんの後頭部を襲っています。野川さんが咄嗟《とっさ》によけたため、犯人は強盗に失敗して逃げだしましたが、第一の事件の被害者津村《つむら》ヤスヒロさんは死亡、第二の事件の被害者石上《いしがみ》ハルヲさんは重傷で入院、野川さんも耳に全治二週間の傷を負っています。犯人は野川さんの車から逃げだした後、再びタクシーを拾った可能性がありますので、運転手の方々はくれぐれもご用心下さい」

その臨時ニュースはすぐに陽気な歌謡曲に押し流されたが、山岸の脳裏と車の中の閉ざされた闇に一語一句がしっかりとこびりついて残ってしまった。いや、山岸より今このタクシーを運転している男の頭の中に一つ一つの言葉が恐怖をはらんで膨らんでいるだろう……

偶然とはいえ、山岸は板橋区のはずれでこのタクシーを拾ったのだし、紺のコートを着て黒いマフラーをし、黒い鞄をもっている。背は低めだし、痩せている方だし、四十三歳である。

それだけではない。

今コートに隠れてはいるが、スーツとワイシャツにはかなりの量の血が付着している。

犯罪の血ではなかった。痴話喧嘩《ちわげんか》めいた別れ話の末、女が突然包丁を握り手首を切っただけだ――

紺のコートを着て黒いマフラーをし、黒い鞄をもった男は、今東京近辺を走っているタクシーの中に何十人、いや何百人といるだろう。

考えすぎなのだ。

そう否定しようとして、しかし、否定しきらないうちに不安の波が胸に押し寄せてくる。

同じ服装をした男が何百人といるとしても、その服装で犯行時刻近くに犯行現場近くからタクシーを拾った男は、いったい何人いるだろう。

しかも衣類に血を付着させている男となると、俺以外にいるはずがない。

もしこの運転手が俺を強盗犯と誤解して、派出所に車をつけたりしたら……

どこかで検問をやっていてコートの下を調べられたりしたら……

それでも自分が強盗犯でないことは簡単に証明できるだろう。だが背広やシャツについた血をどう説明すればいいのか。それが犯罪とは無関係な血だということも簡単に証明できるのだが、その時は、その血の理由を家族にも会社にも知られてしまう。真面目《まじめ》で男気があり頼もしい山岸部長に隠れた女がいたことがばれてしまう。

その時の家族や会社の同僚たちの目が、すでに見える気がして、胸は今体を包んでいる夜の闇よりももっと暗い闇に包みこまれた。

車窓をただ夜だけが流れ続けている。

車は田畑の間を走っているらしい。まばらな民家の小さな灯が、却《かえ》って心細さを募らせてくる。

「あのう、お客さん……」

不意に運転手がそう声をかけてきた。突然の声が、山岸の心臓を鉄の手に摑《つか》まれたように縮みあがらせた。

会社では、小柄な体軀《たいく》からは想像もできない勇気と決断力のある男として通っている。それが他の同僚たちよりも早い出世と今の地位の理由でもあった。山岸が実際にはこんな小心な男であることを知っているのは二人の女だけだ。

「あなたに浮気する勇気なんかないわ」

いつもそう言っている妻と、二時間前、

「あなたに別れの言葉を切りだす勇気があるなんて知らなかったわ」

山岸の「別れてくれないか」という言葉にそう冷たい声を返した絹江《きぬえ》だけである。

絹江との関係は一年続いた。

山岸の勤める広告会社で新製品の洗剤のコマーシャルを作った際に使った、五人のモデルの一人だった。主役ではなくほんの一瞬画面の隅《すみ》に顔を出すだけの役だったが、山岸の目には一番美人に映った。三十半ばでまだ独り身を続けながら、小劇団で女優をしていた。モデルの仕事は生活費を稼《かせ》ぐためのアルバイトである。ほっそりした外観からは想像もできない豊かな胸をしていたし、性格にも結婚して十五年目を迎え小さく主婦としてまとまってしまった妻にはない奔放さがあった。

「私の生きる目的は有名な女優になることだけよ。あなただってそのために利用してるだけだわ」

今度はもっと大きい役でコマーシャルに使って――

そんな言葉を平然と口にする大胆さや傲慢《ごうまん》さが山岸には新鮮に感じられ、それが週に二度、板橋の絹江のアパートを訪ねるようになった理由だったが、それがまた半年後山岸がその関係に疲れ、飽き始めた理由にもなった。勝気すぎ派手すぎる女だった。

絹江の新鮮さに溺《おぼ》れていた頃《ころ》、「妻と離婚してお前と結婚する」という約束をしてしまった以上、そう簡単に「別れてくれ」とは切りだせなかった。それに絹江は山岸の気もちが離れだした頃から、逆に普通の女と変わりない顔を露骨に出し、結婚を迫るようにさえなっていた。妻への対抗意識を見せ始め、こっそり妻に、いやがらせの無言電話をかけたりするようにもなったらしい。

妻は、山岸に浮気するだけの器量はないと信じきっていたが、それでも、「また今日も変な電話がかかってきたわ」妻がそう言うたびに、居間のテレビの画面に洗剤のコマーシャルが流れるたびに山岸は妻が何もかも気づいているのではないかと怯え、絹江のアパートでは「結婚」という言葉が口にされるたびに怯えた。

半年間、そんな関係を愚図つかせた後、今夜、山岸は思いきって「今夜で別れてくれ」という言葉を絹江に切りだしたのだった。絹江に月々渡す十万の金を給料から絞りだす苦労が限界にきていた。

「あなたに別れの言葉を切りだす勇気があるなんて知らなかったわ」

声は凍りつくように冷たかったが、渡された最後の十万を手にしながらただちょっと淋《さび》しそうな顔を見せただけだった。

「最後だもの、食事ぐらいしてってよ」

すぐに立ちあがろうとした山岸に落ち着いた声をかけてきて、台所に立った。

「そうだな」山岸は安堵《あんど》の声で答え、肉を薄切りにする包丁の静かな音を聞き続けていたのだが、その途中で不意に、「別れるなら死ぬわ」女はそう呟《つぶや》いた。ひとり言のような小声だったし、包丁の刃を手首にすべらせた手つきも、流れだした血も静かだった。

襲いかかるようにして絹江の手から包丁をとりあげ、その後はどうやって隣室に住んでいる、絹江が日頃から親しくしていた独身看護婦を呼んだのかは憶《おぼ》えていない。看護婦が応急手当てをして、自分の勤める近くの病院へ連れていってくれた。

「これぐらいの傷なら大したことないから心配しないでいいわ」

流れだした血の量に怯えている山岸に、看護婦がそう声をかけてきてくれた時は、手当てが済んで戻ってくるまでその部屋で待っているつもりだったが、服についた血を拭《ぬぐ》っているうちに気が変わり、逃げだすように部屋をとびだしていた。実際、犯罪者が現場から逃げだすような心地だったが、もちろんそれは犯罪とは無関係な事件だった。

ただ、アパートをとびだした後、いつものように駅へと向かわず反対方向の町はずれへと足を向け、我に返ると国道17号線を家のある熊谷方面へと歩いていた。

なぜ早足でその道路を歩いているのかわからなかった。このまま町の灯とは反対の、闇に向かって歩いている間は絹江が手首から流した血が現実ではなかったと思っていられる気がしたのかもしれない。脚はひとりでに歩き続け、寒風の吹きすさぶその深夜の道路を何十キロも先の熊谷までも歩き通せそうな気さえしていた。それに都心へと戻る方の車線には時々空車が流れるのだが、山岸の歩いている方の車線を流れるタクシーは全部、帰宅客でふさがっていた。

やっと寒さが現実になり意識がはっきりしたところへ、偶然一台の空車が来てくれたのだった。

山岸は夢中で空車表示の赤い灯に向けて手をふっていた。

考えてみれば、こんな夜遅い時間に国道を歩いていることだけででも、運転手は不審を覚えたにちがいないのだ。

「あのう、お客さん」

そう声をかけただけで、運転手は黙りこんでしまった。波うつような動悸《どうき》とともに山岸はひたすら言葉を待ち続けたが、ずいぶん長い沈黙のあと、やっと

「お客さんは柔道で有名な石島《いしじま》選手じゃありませんか。十何年前だったか、どっかのオリンピックで銀メダルをとった――」

また声が聞こえた。意外な言葉に、肩すかりを食った気持ちで、

「いや――」

山岸はそう答えた。

「そうかなあ、そう見えたけど」

運転手の声に失笑のような笑い声がまじったが、山岸の緊張はほどけなかった。無理に何気なさを装っているようなぎごちなさが感じとれたし、依然後ろ姿のままだが、ルームミラーに探るような目を投げた。石島選手といえば確かに小柄な体でありながら柔道で銀メダルをとって話題になった男である。背恰好《せかっこう》は似ていないでもないが、山岸とは全く別の顔つきをした男だった。それに、「そう見えたけど」と言ったが、運転手が山岸の顔を見たときがあるとすると車に向けて手をあげた瞬間だけである。山岸の方では車のライトが眩《まぶ》しすぎて一瞬後には顔をそむけていた。たった一瞬のライトに浮かびあがった顔で、十何年か前の柔道選手と似ているかどうかまで判別できたとは思えない。ずっと無言を通していながらこんな風に突然喋りだしたのも不自然だった。

何かの目的で嘘《うそ》をついている、そう思った。

「こう見えても私も以前、柔道で国体に出たこと、あるんですよ。二十年以上前の

ことですがね、今でも息子ととっ組み合いの喧嘩をしても勝ちます。力だけは自信があるんです」

どうやら、山岸が強盗犯でも自分を襲っても無駄《むだ》だ、そう言いたいらしい。嗄《かす》れ声だけではわからなかったが、話の内容からしてかなりの年齢が想像できた。

「お客さん、会社は板橋なんですか」

またルームミラーで背後の闇を探りながら、そう尋ねてきた。

「そうだ」

山岸は嘘を答えた。そうしておいた方が、無難に思えたからだが、

「どこの会社です」

さらに質問は続いた。

「駅前の東都銀行の支店だ」

目にしたことのある銀行の名を出す他なかった。

「それなら支店長の大場《おおば》さんはご存知でしょうね」

「ああ、もちろん」

嘘を重ねて答えた時である。運転手の肩がビクッと痙攣《けいれん》したような動きを見せた。一瞬の闇にかき消されそうな小さな気配だったが、運転手が驚いたのがわかった。

なぜ？

しまった——

そう感じた時にはもう遅かった。運転手は鎌《かま》をかけてきたのではないか。大場という適当に思いついた名前で後席の客が本当に東都銀行の支店に勤めているかどうか、確かめようとしたのではないか。

「そうなんですか」

声が間違いなく震えているし、それきりその話題を発展させず、黙りこんでしまった。沈黙は何も喋らずにいた時より重くなり、

「板橋の銀行に勤めているというのは嘘だよ」

山岸は自分の方からそう口にしていた。

「いや、ちょっと疲れてて面倒だったから、適当に答えておけばいいと思って……本当は銀座の広告関係の会社に勤めてる……嘘だと思うなら名刺を渡そうか」

正直なことを喋っているのに、しどろもどろになり嘘以上に嘘らしくなってしまった。

「いや——そんな……」

運転手の声の方が、しかしいっそうぎごちない。山岸の言葉を嘘だと思い、いよ

いよ疑惑を募らせているらしい。再び気まずい沈黙が落ちた。ドア以上の頑丈《がんじょう》さで沈黙は車内の黒い空気を閉ざしている。山岸は本当に名刺をとりだして見せたかったが、そこまでするのも却って不自然な印象を与え、偽《にせ》の名刺だと疑われる心配があった。

交差点にさしかかったが信号が赤に変わったのを無視して車は走り続けた。車を停《と》めたら最後だ――運転手の焦《あせ》りが信号を無視させたのだ、山岸にはそう思えた。

カーラジオが天気予報を伝えだした。

「明日の降水確率は二十パーセント、関東地方はしばらく好天が続きそうです」

そののんびりとした声とは反対に車はどんどんスピードをあげていく。前の車を追いぬくたびに起こるタイヤの軋《きし》りと車体の震動が、そのまま運転手の怯えを伝えてくる。それがまた山岸の怯えにもなった。こんなに車のスピードをあげているのは、どこかの警察署へ一秒でも早く車をつけたいと思っているからではないのか。もう、それがただの考えすぎだとは言えなくなっている。

「今、どのあたり」

何度も見たことのあるドライヴインが車窓を通過し桶川《おけがわ》が近づいたあたりだとわかっていながら、山岸が沈黙の重苦しさをごまかすためにそう尋ねると同時に車体が大きく揺れた。前の車を追い越そうとしてハンドルを切りそこねたのだった。

衝撃で体が傾き、山岸は小さく叫んだ。いや、叫んだのは運転手だったのか。山岸が突然口にした質問が、スパナとなって運転手に襲いかかったのだろう。

何とか車を立ち直らせると、

「さっき広告関係の会社だと言ったけれど」

山岸の質問には答えず、上ずった声を出した。

「今の花形企業だから……儲《もう》かるんでしょうね……羨《うらや》ましいですね、ウチなんか……タクシー会社なんか……これ以上伸びることはないからね……」

とぎれとぎれの声だが、山岸に口をはさむ余裕を与えないように喋り続けた。喋りながら全身を耳にして、背後の気配を聞きとろうとしているのがわかる。

「タクシーなんて全く儲かりませんよ……今日だってお客さんで……まだ三人目ですからね……それも近距離ばかりで……お客さんが拾ってくれなければ……五千円の売りあげもなかったですから……」

そんな唐突な言葉で運転手が何を訴えようとしているのか、山岸には簡単にわかった。

それだけしか金をもっていないから自分を襲っても無駄だ——そう訴えているの

だ。怯えながらも必死に頭を使って何とか身を護《まも》る方法を考えているのだ。

山岸はどう答えたらいいかわからなかった。何を口にしても悪くとられそうだし、かと言って無言を続ければいっそう運転手を怯えさせ、疑惑を募らせるだけだ。

だが、何を言えばいいのか。

迷っているうちに、ラジオから時報が聞こえ、

「十一時のニュースです」

アナウンサーの声が始まった。男の乾いた声が短く汚職事件を伝えた後、

「今夜、都内およびその周辺で三件のタクシー強盗事件が連続して発生しています」

そのニュースが始まった。

活字と変わりない無機質な声が続く一分近くの間、二人はおし黙ってそれを聞いた。耳に神経を集中させているせいだろう、運転手は車の速度を落としている。対向車のライトの流れが緩やかになったので、それがわかった。

山岸はもう既に犯人が逮捕されていることに淡い期待をもったが、結局そのニュースは先刻の臨時ニュースをなぞっただけである。

むしろ、期待は裏ぎられた。

「なお、新しい情報によれば第三の事件後、犯人らしい人物が板橋区はずれの国道17号線でタクシーを拾い、乗りこんだところを目撃した人がいるということです。確かな情報かどうかはわかりませんが、国道17号線を走っているタクシーの方は用心して下さい」

アナウンサーの声は最後に、思いだしたようにそうつけ加えたのだった。

最初、山岸はまたも困った偶然が重なったのだと、そう思った。その犯人もまた自分と同じように偶然、板橋区はずれの国道17号線でタクシーを拾ったのだと——

だがすぐにそうではない可能性の方が大きいことに気づいた。

目撃された犯人らしい人物というのは、この自分のことではないのか。その人物が拾い乗りこんだというのはこのタクシーのことではないのか。

国道17号線をわけもわからず歩いている間に何十台、何百台もの車がすぐ脇《わき》を通過していった。そのうちの一台のドライバーが、山岸がこのタクシーを拾い乗りこむのを目撃して警察に通報したのではないか。

警察——

この運転手だけでなく、警察までがつまらぬミスを犯して俺をタクシー強盗犯として追い始めている……

いつの間にかニュースは終わり、柔らかいムード音楽に変わっている。運転手がいらだった指でラジオのボタンを押し、局を変えた。他にニュースをやっている局を探しているらしい。二、三の局に変えたが、どこも音楽ばかりだとわかると、またもとの局に戻した。

静かで甘美な弦の調べが、夜の深さを告げてくる。運転手は何も喋ろうとしない。今のニュースを聞いてそれを何一つ話題にしようとしないのが、何より運転手の疑惑がもう確信に変わったことの証拠だった。

いや、話題にしたいのだが、山岸と同じように言葉をどう切りだせばいいのか、わからずにいるのだ。依然、山岸の目にその影は鉄の闇《やみ》が人間の形をしているだけのように見える。ハンドルにかかった手以外動くものがない。だが、その体の中では山岸と同じように無数の言葉が、恐怖や不安ともつれ合って渦巻《うずま》いているのだ。山岸が手を伸ばすだけでその体を摑むことができた。体だけでなく生命までも。運転手は自分の背中や肩に貼《は》りついている間に、いつその瞬間がやってくるかをひたすら恐怖とともに待っているのだ――

運転手が何も喋らないなら自分の方から何かを喋らなければならない。

だが舌が熱をもったように乾き硬直し、動こうとしない。うなじが汗を絞りだし、それは油のようにねっとりとすじをひいて背をすべり落ちた。暖房がききすぎているのか自分の体が熱くなっているのかわからなかった。

警察が俺を犯人と間違えて追い始めている。たとえ無実は証明できたとしても今まで恐れていた以上の厄介《やっかい》な問題に巻きこまれるに違いない――

焦《こ》げるように煮つまっていく車内の闇が、饐《す》えたような不快な匂《にお》いを放っているような気がする。衣類にしみついているあの女の血の匂いではないのか。あの女は本当に大丈夫なのか。あれだけの血が流れたのだ。看護婦が「大したことはない」と言ったのは慰めで、今頃もう病院で死んでいるのではないか。

どのあたりを走っているのか、もうわからなかった。蒸気で曇った窓ガラスを拭ったが、ただ夜が黒い濁流となって押し流されているだけである。ガラスがビリビリと神経質そうな音をたてるが、それが風のせいか車が出している普通ではない速度のせいかもわからなかった。

そのスピードが突然断たれた。凄《すさ》まじい音でタイヤを軋ませ、車が急停車した。交差点の青信号が黄色に変わったせいだった。だが、何故《なぜ》？　今までは赤信号まで無視して走り続けてきたというのに――

その理由はすぐにわかった。運転手の顔がわずかだが動き、斜め前方に向けられている。

対向車線で一台の車が信号待ちをしている。

パトカーだった。

夜の道路に、車体が白く冷たく浮かんでいる。

信号が青に変わるまでの十数秒間、山岸は実際もう真犯人のような心地で、座席の隅に蹲《うずくま》っていた。運転手が急停車したのは、ただ交通違反をとがめられるのを恐れたせいなどではない。何かの口実をもうけてそのパトカーに救いを求めたいのだが、その口実が見つからず、パトカーの方でこちらの車に気づいてくれるのを待っているのだ。叫びたいほどの気持ちでそれを待っているのが、山岸にも痛いほどわかる。

信号が青に変わった。

ホッとしたのは山岸の方で、そのぶん運転手は落胆したに違いない。パトカーは何事もなく走り出し、その赤い尾灯はあっけないほど簡単に対向車線の闇に吸いこまれていった。山岸と同じように、運転手も首を後方へとねじりその尾灯を見送っている。

それから諦《あきら》めたように車を出した。信号の青色は、夜のむこうから何かの目が覗《のぞ》きこんでいるように見えた。眩しいほど鮮やかな光だった。

だがその青信号は、山岸の安全を保障してくれたわけではない。

車が再び走りだして間もなく、ラジオから相変わらず流れ続けている音楽に奇妙な音が混ざった。

電磁波が乱れたような、耳障りな雑音が、タクシーと会社とを結ぶ無線の音だと気づく前に、

「全車に連絡します」

その声は始まっていた。

「タクシー強盗のことで警察から連絡が入り、犯人が国道17号線で乗りこんだ車がどうもうちの社の車だということです。用心するとともに、全車、至急今どこを走っているか応答して下さい」

緊迫した声である。その声を確かに聞いたはずなのに数秒間、運転手の体には何の変化も起こらなかった。

それからゆっくりと片方の手がハンドルを離れた。その手がマイクらしいものを摑んだ。摑んだが手はためらっている。

マイクに向けて喋りだすと同時に、背後の客が襲いかかってくる――その危機感

が手も口も凍りつかせているのかもしれない。

苦しそうな息遣いだけが聞こえた。それが運転手の口ではなく自分の口からもれているのだと気づくまでにさらに数秒かかった。

結局運転手は何も喋らずにマイクをおいた。だからといって安心はできなかった。この車からだけ応答がなければ、この車に犯人が乗っていることを会社にも警察にも教えてしまうことになる。

何かを喋らなければいけない――

山岸は焦った。これでもう犯人は山岸と決定したようなものだ。何かを喋り、運転手の誤解をとかなければいけない――そう思いながら頭の中に渦巻いている言葉も舌も空転し続ける。

「どうやら、私が……」

それでも何とかそう切りだした時である、

「ガス欠です。スミマセン。スタンドに寄ります」

突然、呻《うめ》くような声を出し運転手は大きくハンドルを左へ切った。山岸は気づかずにいたが、ちょうど深夜の道路にぽつんと灯《ひ》を浮かびあがらせたガス・スタンドを車は通過しようとしたところだった。そのスタンドに車は乗り入れた。

急ブレーキをかけると同時に、運転手は車をとびだし、あっという間にその背は事務所の中へと消えていた。事務所のガラス張りの灯に浮かんで二人の従業員の姿が見えた。運転手はしばらくその二人と何かを喋っていたが、やがて従業員の一人が出てくると車にガスを入れ始めた。その従業員は車の中の客を見ようともしない。

山岸は視線を事務所の中に釘《くぎ》づけにした。事務所に残った従業員が電話をかけているのが見えたのだった。

ガスが切れたなど嘘に決まっている。運転手から事情を聞いて従業員が警察に通報しているのだ――

逃げだしたかったが、今逃げだせば完全に自分が強盗犯になってしまう。

胸を突き破りそうな動悸《どうき》を両腕で包みこみ、既に車内の閉ざされた空気を留置場のそれのように感じながら、山岸は体を小さくした。

ガスを入れ終え従業員が事務所に戻っていくと同時に運転手が出てきて車に近づいた。運転席のドアを開けたが、乗りこもうとはせず、

「すみません、ここで降りてもらえませんか」

そう声を投げてきた。

「どうもクルマの調子が悪いらしくて……私はここから社へ戻りますから……今、

代わりのタクシーを呼んでもらいましたから、事務所に入って待っててもらえたら……ここまでの料金は結構ですから」

車内をわずかに覗きこんだが、帽子に飲みこまれそうな小さな顔は逆光になっていて輪郭が消えている。ただ声にあるかすかな震えが、今の言葉が嘘であることをはっきりと物語っていた。山岸は一瞬の選択を迫られた。このまま嘘とわかっていて運転手の言うなりになるか、それとも――

「社へ戻るって、社はどこ?」

「――池袋です」

「だったら私もこのまま……板橋に忘れ物をしたんだ。ちょうど戻ってもらった方がいいかもしれないと思っていたところだから……料金はきちんと払う」

「でも、もう他のタクシーを呼びましたから」

予想したとおり、運転手はためらいを見せ続けたが、やがて事務所に戻っていった。

従業員とまた何か会話を交わし、今度は意外に早く出てくると黙って車に乗りこみ、エンジンをかけた。

短い数秒の間にいったい、ガス・スタンドの従業員との間でどんな会話が交わされたのか。

ガス・スタンドを離れ、車が大きくUターンして国道17号線を今までとは逆方向に引き返し始めてから、山岸は何度も背後をふり返った。おそらく従業員には、ともかく車を出して池袋方向へ戻るからパトカーが来たらすぐに追いかけてくれるように頼んだのだろう。

走りだして間もなく、再び無線が、

「四号車と十三号車、応答して下さい」

雑音をからめ、神経質そうな声を出した。

運転手は今度はすぐにマイクを握ると、

「こちら四号車。今から社に戻ります。別に異状はありません」

そう応答した。

それきり無線はとぎれたし、運転手はラジオも消した。客にニュースを聞かせたくないのだろう。後席に座っている強盗犯を安心させ、パトカーが追いつく時間を稼ごうと考えているに違いない。

現に、往《ゆ》きよりもかなり車のスピードは落ちている。信号に近づくたびにさらにスピードを落とし、余裕があっても渡ろうとせず必ず車を停める。青信号に変わってもわざとスタートを遅らせる。

タイヤの音と車体が風を切る音だけの静かな夜に変わっていた。その静寂を破って今にも赤いサイレンの音が背後から襲いかかってきそうな気がする。

後窓をふり返ると、次々に二つのライトが押し寄せてくる。追いかけてくるパトカーはむしろ警戒してサイレンも鳴らさずに近づいてくるはずだ。そう考えると、ライトの眩《まぶ》しさに隠されて闇に包まれたも同然の車の一台一台が全部パトカーだと思えてくる。

道路が引き潮のように夜の果てへと運び去られていく。

その流れが弱まり、車が停まった。

また信号なのかと思ったが、信号はまだかなり先の、道路の途中だった。後ろについていた一台の車が、追突を避けるために慌《あわ》ててハンドルを切ったのだろう、タイヤを軋《きし》らせクラクションを鳴らしながら通り過ぎていった。

運転席の影はハンドルから手を離し、硬直したようにじっとしている。ただパトカーが追いつくのを待っているだけとは思えなかった。恐怖が限界に達して、突然すべてを放棄しようとしたのか。

影は人間の生気を感じさせずただ静まり返っている。

「どうしたんだ」

一分近く経《た》ってやっと山岸が声をかけると、

「やっぱりここで降りて下さい」

ため息よりも細い声が返ってきた。

「もう駄目《だめ》です……これ以上ガソリンがもれたら……」

「君はどうするんだ」

「私は行けるところまで行って……」

「だったら私もそこまで一緒に行く」

運転手は反射的に激しく首をふり、その後またしばらくじっとしていたが、やがて無理矢理決心をつけたというように乱暴にハンドルを握り力いっぱいアクセルを踏んだ。

それまでとは違う全速力で車は道路を走破し始めた。険しい山道を走るような震動が襲いかかってくる。神経のどこかが切れてしまい、運転手にはもう恐怖から逃れることしか考えられなくなっている――

警察に追われている不安に加えて、いつ事故が起こってもおかしくないスピードへの恐怖がわいてきた。脚が震えているのが、車体の振動のせいなのか、その恐怖からなのかわからなかった。車のスピードは山岸に考える余裕を与えない。一つの町が近づいてきた。一瞬のうちにもその町を通り過ぎてしまうように思えたのだが、町中の交差点で突然、車は右に折れた。山岸の上半身は座席へと崩れ、シートに載せてあった鞄が床へと落ちた。

「どこへ行くんだ」

山岸は思わずそう叫んでいた。車は国道をはずれ商店街を走っている。シャッターのおりた店の連なりに挟《はさ》まれた狭い道路を、対向車と衝突する危険も顧みず車は突き進んでいく。

「どこへ行くんだ、停めろ」

山岸の声が届いたのかどうか、タイヤの凄まじい摩擦音とともに車は急停車した。山岸は額を窓ガラスにぶつけた。

痛みを感じている間もなかった。何が起こったのかわからなかった。運転手は「うっ」と喉《のど》から声を絞りだして呻くと、体当たりするようにドアを開け、路上にとびだし、その建物のガラス張りの玄関へととびこんだ。その町がどこの町なのかも、それが何の建物かもしばらくは意識できなかった。額をぶつけた衝撃でふらついていた視線がやっと焦点を合わせ、

「警察署」

という三つの文字を拾った。

一分近く何も起こらなかった。深夜のその建物の玄関はただ静かだった。

運転手は恐怖に耐えかねて、とうとう警察に逃げこんだのだ。

俺も逃げなければ――

だがその言葉が、麻痺《まひ》した体に意志として伝わる前に刑事らしい二人の男が署の玄関からとびだしてきた。

「すみません。ちょっとお尋ねしたいことが」

その言葉と鋭い目つきに縛られたように車を降り、気がついた時は、取調室のような狭い部屋のスチールの椅子《いす》に座っていた。

住所と氏名と職業を訊《き》かれ、あのタクシーを拾った時刻と場所を訊かれた。

「一時間ほど前――場所は……」

「板橋のはずれの国道上ですね」

初老の刑事の言葉は丁寧なだけ、その裏に隠した鋭い刃《やいば》を感じさせる。山岸は肯《うなず》く他なかった。

「今夜三件、タクシー強盗が発生したことを知ってますね」

その質問にもためらいがちに肯こうとした時、若い男が入ってきて初老の刑事に耳うちをした。「鞄」という言葉が聞こえた。若い男が出ていくと刑事は山岸をふり向き、眉間《みけん》に深い皺《しわ》を寄せた。

「やはり鞄からスパナが出てきました——」

そう言われてやっとタクシーから鞄をもってこなかったことに気づいた。刑事の手でその鞄の中身はもう調べられたらしい。だが……だが何故俺の鞄からスパナが……

悪夢を見ているのだ。絹江の手首から血が流れだした時から今この瞬間までのことは全部悪い夢でしかない……

山岸は激しく首をふった。

「嘘だ……私はスパナなんかもっていない」

喉が痙攣し最後まで口にできなかった。刑事の眉間の皺がさらに深くなった。その顔までが悪夢の中の顔としか思えなかったし、刑事が次に口にした言葉までが遠い夢の中から響いてきたような気がした。

「いや、スパナが発見されたのはあなたの鞄からじゃなくあの運転手の鞄からですよ」

その言葉にも山岸は反射的に首をふっていた。

その逆転を現実のものとして受けいれるまでに山岸はかなりの時間を要した。一度出ていった刑事が十分ほどして戻ってきて、

「いや、我々としてもタクシー強盗の犯人がタクシーの運転手だったとは想像もつきませんでした」

そう説明してくれた時も、刑事の言葉は頭の中を空転し続けるだけだった。

「手口としてはなかなか巧妙なものでしたが……自分の車を路上に停めて簡単な変装をして他のタクシーを拾い、適当な場所まで行かせて忘れ物をしたからという口実で自分の車が駐めてある所まで戻らせて……三件とも同じ方法を使ったと告白しています。第三の事件を起こした時は、自分の車を国道17号線の端に停めてあって、犯行後、自分のその車にまた乗りこむところを目撃されたんですね。変装して後部座席に乗りこんだので、目撃者にはその男がタクシーを拾ったように見えたんですよ。それから運転手の姿に戻って十分ほど走ったあたりであなたがその車を拾ったようですね」

少しずつわかってきた。目撃者が見かけたというのは本当の犯人であり、自分で

はなかったのだ。それから空車が一台も通らなかった東京を離れる方向の車線に、何故その車だけが空車として走っていたのか、その理由も——

「手口は巧妙でも小心な男らしいですね。あなたがラジオのニュースに耳を傾け、何か怯えているような気配なので、自分が犯人だということに気づかれたのかと考えたらしくて……何とかあなたを車から降ろそうと努力したのだけれど、あなたがつきまとってくるので、結局観念してこの署へ自首して出たというわけです」

「自首……だったんですか」

声は、ため息と変わりなかった。ふっとこの警察署へ来る直前、路上で車を停めた際の運転手の静まり返った体を思いだした。あの時、運転手は岐《わか》れ道《みち》にいたのではないか。自首か、それともう一度だけその手にスパナを握るか——

「汗が出てますよ。コートを脱がれたらどうですか」

刑事の言葉に首をふり山岸はコートの胸もとをおさえた。実際額に汗がにじんでいたが、体の芯《しん》には冷えきったものがあった。真冬の風が部屋の窓を叩《たた》き続けていた。

ぼくを見つけて

警視庁通信指令本部にその通報が入ったのは、十月九日午後五時のことだった。八杉俊江《やすぎとしえ》が夕方の休憩に出ようと席を立ちかけた瞬間である。座り直しレシーバーを耳にあてながら、俊江は嫌《いや》な予感がした。こういう瞬間に鳴る電話はかならず面倒な事件をもちこんでくる。三年前、日本中を騒がせた連続絞殺事件の第一報が入ったのは俊江が帰宅しようと席を立ちかけた瞬間だったし、六年前、不意に腹痛がして持ち場を離れようとした瞬間に連絡が入った小さなカッパライ事件は一カ月のうちに東京に大きな組織をもった窃盗グループの大犯罪に発展した……

俊江は勤続二十年のベテランである。

「はい、一一〇番です」

相手はすぐには何も言わない。無言が耳を圧迫し、「やはり面倒な事件だ」ベテランの直感がそう囁《ささや》いたのだが、

「一一〇番です」

もう一度いら立ちながら出した声は、「ケイサツのおねえさんですか」予想もし

なかった声にはぐらかされた。

　男の子の声である。

「ぼく、今、ユーカイされているみたいなので電話しました」

　大人の年齢なら声だけでかなり正確に言い当てられるほどになっていたが、子供の年齢は想像もできない。六歳？　十歳？　いたずら電話だろうか？

「今、ハンニンがいないのでこの電話かけています。たすけてください」

「坊やの名前は？」

「イシグロケンイチ……」

「お父さんの名前は？」

「イシグロシュウヘイ」

「今いる所は？」

「……ほんとうの家じゃないところ」

　あどけない声には緊迫感がまったく感じとれない。やっぱりただの冗談？　いやただの冗談とはいえない何かが、その幼い声のどこかに嗅《か》ぎとれる。

「坊やの家の住所と電話番号わかる」

「それはスギナミ区オギクボ……番地はちょっとわかりません」

「電話番号は?」

男の子の声は学校の答案用紙に書きこむように正確に七つの数字を口にした。ただの冗談ではない、その正確な声にそう感じた瞬間、俊江のベテランとしての冷静さがかすかに壊れた。今ではどんな通報にも冷静に対応できる自信ができていたが、こんな通報は二十年で初めてだった。

「ユーカイされたってどういうことなの、坊やは……」

その声を「坊やじゃありません。ぼく今九歳で小学校四年です」そんな言葉が遮《さえぎ》ったと思うと、「あっ」と小さな叫びが起こった。そして次の瞬間には「早く、助けにきてください」

声を落として早口に言い、電話は切られた。俊江のベテランの耳は、子供の小さな叫び声の直前に電話の遠いところで響いたドアの開閉されるような音を聞き逃さなかった。

悪戯《いたずら》電話なのか、そうではないのか。

俊江は二秒迷っただけである。

俊江の直感では、これはやはり大事件だった。

一分後には荻窪《おぎくぼ》警察署の刑事の一人が八杉俊江から報告された電話番号をダイヤ

ルしていた。

「……はい、石黒ですが」

女の声が受話器に響いた。

「こちら荻窪警察署の者ですが、実は今、お宅のケンイチ君という子から電話が入りまして……ケンイチ君というお子さんはお宅に？」

「おりますけれど。今、お友達と遊んでいますが」

「お母さんですか？　ケンイチ君の」

「はい……」

とまどい気味の声は、

「ケンイチ君が誘拐《ゆうかい》されているような事実はありませんね。いや、今ケンイチ君は自分が誘拐されているから助けてほしいと一一〇番してきたものですから」

「えっ」と叫んで沈黙した。驚愕《きょうがく》が喉《のど》を絞って声を出せなくしたらしい。

「念のためにケンイチ君が間違いなく家の中にいるか確認してもらえませんか」

「あのう……今この電話のすぐそばでお友達とゲームをして遊んでいるんですけれど」

確かにはしゃいでいる子供の声が母親の声の背後にある。

「だったらただの悪戯電話だったんでしょう。もう一つ念のために――ケンイチ君は今九歳ですか」

「いいえケンイチは七歳です。小学校二年」

突然言葉が切れ、「まさか……」暗い呟《つぶや》きになった。

「あのう、その子は九歳で四年生だって言ったんでしょうか」

「ええ……」

「だったらそれ、昔のケンイチだわ」

張りつめた声はすぐに、「いいえ、そんな馬鹿《ばか》なこと……」混乱したように揺れた。

「昔のケンイチ君ていうと?」

「私にはケンイチって子供が二人いるんです。名前の漢字は違いますけれど。いいえ本当なら二人いるはずだったんです。最初に生まれた方のケンイチは死にましたから。……それが悲しくて次に生まれた子供にも同じ名前をつけて……いいえ、私はまだ前のケンイチの方もどこかに生きているとそう信じているんですが……」

そこまで一気に言って、「あのう、一一〇番してきたのは本当に子供の声だったんでしょうか」そう尋ねてきた。声が震え始めている。

「ええ、それは間違いありません」

「私、今でもまだあのケンイチが誘拐されたままどこかで生きているとしか思えないんですけど……でも」

「前のケンイチ君は誘拐されたんですか」

今度は刑事の方が喉をつまらせた。

「そうです……でもあの誘拐事件が起こったのは九年前ですから、生きていればあの子十八歳になってるはずですから……」

震える声はもう一度何とか「いいえ、そんな馬鹿なこと」という言葉を絞りだした。


石黒修平の一人息子健一が誘拐されたのは九年前の冬である。十二月二十日、年の瀬も迫ったその日、暮色がおり始めても健一は帰宅せず、母の悠子《ゆうこ》がまず異変を感じとった。担任教師に連絡を入れると定時に学校を出ているという。友人の家や立ち寄りそうな場所に次々に電話をかけ、やっと同級生の一人が、学校から数十メートル離れた路上で健一が白い車に乗りこむのを見ていることがわかった。誘拐だと直感した石黒夫妻は、ただちに警察に連絡、誘拐事件としての対応策が練られ、犯人からの連絡を待ち続けたのだが、結局それから四日間、健一が戻らないまま犯人からの連絡も何一つ入ってこなかった。健一が連れさられるのを目撃したのは、同級生の少年だけである。少年の証言からは、車が当時よく売れていたエムカという国産車だったこと、その助手席に健一が抵抗もせずごく自然に乗りこんだこと、運転席に大人の男のうしろ姿があったことしかわからず、警察では犯人からの連絡を待ちながらそれなりの捜査を進めたし、三日目からは両親の承諾を得て公開捜査に踏みきったのだが、そのどちらからも確証が得られないまま、健一が消えて四日後、クリスマス・イヴの晩、突如犯人と健一の足どりを摑《つか》んだのだった。

その晩、晴海埠頭《はるみふとう》に駐車していた一台のエムカが突然爆発するように火を噴き、一瞬後には黒煙と猛火に包まれた。クリスマス・イヴの街の華やかさからは切り離された東京の片隅《かたすみ》の暗い一画での出来事だったが、偶然近くを流していたタクシーの運転手が目撃し、警察に通報。パトカーが駆けつけた際には既に余炎をわずかに残すだけで、車は黒い車体だけの残骸《ざんがい》と化していた。その運転席と助手席から二つ焼死体が発見された。一人は大人であり、助手席の方のもう一人は、子供だった。年末の、不景気による親子心中が騒がれていた時期である。最初に駆けつけた巡査は親子だと考えたのだが、トランクの中に焼け残っていたランドセルの中から見つかった学用品に「石黒健一」の名前があった――

「遺体は私が確認しました。顔も体も見分けがつく状態ではなかったのですが……健一に間違いありませんでした」

石黒修平は、訪ねてきた荻窪署の二人の刑事に向けて眼鏡の奥の目にうっすらと涙を浮かべてそう言った。

石黒修平は都心にある有名な私立総合病院の内科部長をしている。面長《おもなが》の顔には、白衣しか似合わないような白い冷たさがあったが、柔らかい声に人の良さが覗《のぞ》き、刑事二人は好印象を抱いた。レンズ越しのメスのように研ぎ澄まされていた目の冷たさも涙をにじませると普通の父親の優しさに変わった。

事件発生当時、石黒夫妻は世田谷《せたがや》に住んでいたから、事件を担当したのは世田谷の警察署である。荻窪署の刑事には無関係な事件だったが、結末の悲惨さで一時期全国を騒がしたその誘拐事件のことはよく憶《おぼ》えている。確か犯人は脱サラ後の商売に失敗した三十過ぎの独身男で、金銭目的のために子供を誘拐したのだが誘拐後間もなく子供を殺害、死体の遺棄場所を探して車でさまよい続けた末に、自らも死を選ぶ決心をして車にガソリンを撒《ま》き火を放った――警察ではそんな推測を結論にしたのだった。

「家内は今でもまだどこかに健一が生きているのではないかと夢のようなことを考えていますが……九年前のあの晩、健一は間違いなく死んだのです」

夫のそばに座りうつむいていた石黒悠子が顔をあげた。青梅《おうめ》街道から歩いて五分ほど南に入った高級住宅地の一軒であるその家は、応接間の調度品の一つ一つに洗練が感じられた。秋の風に似合う薄いベージュのセーターを着た石黒悠子にも磨《みが》かれた品がある。よく見ると平凡な顔だちだが、その気品が実際以上に彼女を美しく見せている。

ただ顔色が青白い影でもしみつかせたように悪い。それが九年前の事件を思いだしたせいか、もともとの血色の悪さなのかわからなかった。薄い、簡単に剝《は》ぎとれそうな皮膚をしている。

「私だってわかってるんです。間違いなくあの子が死んだことは……でも気持ちの隅に今でもあの子が生きてくれていたらという願いがあって、そこへ突然あんな電話がかかってきたものだから……とり乱してしまって……」

「ともかく、その九年前の事件のことを知っている子供の、悪戯としか思えませんね」

刑事の言葉に、石黒は肯《うなず》いた。

「そういう子供の心当たりは？　いやただの悪戯だとは思うんですが、念のためです」

「……さあ」

首をかしげた妻に、「ケンイチはどうだ？」石黒はそう尋ねた。

「ケンイチはその時刻にはリヴィングで和彦《かずひこ》君と遊んでましたから。それにどうしてケンイチがそんなこと……」

「そのケンイチ君というのは」刑事は石黒夫妻の会話に口を挟《はさ》んだ。「今いらっしゃるお子さんのことですね」

「そうです。悲しすぎる事件でしたが、その後間もなくまた家内に子供ができて……生まれた子供に同じ名をつけたんです」

石黒修平はテーブルに指で「研市」と書いた。

「その研市君は九年前のお兄さんの事件を知っているんですか」

「ええ。……一昨年までずっと隠してきたんですが、偶然私たちがあの事件のことを話しているのを立ち聞きしてしまって」

妻の方がそう答えてため息になった。

「それである程度のことは話しました。どのみちいつかは知ってしまうことですし……もちろん事実どおりには話しておりません。子供の耳に入れるには残酷すぎる事件ですから」

部屋の灯《ひ》が翳《かげ》るほどの暗い沈黙になった。

「いや、研市君の悪戯かどうかは簡単にわかるはずです。この声を聞いてもらえば」

刑事の一人がポケットからカセットテープレコーダーをとりだしボタンを押した。一一〇番で録音されたものをダビングして通信指令本部から届けてもらった。

「ケイサツのおねえさんですか」

声が始まった。

石黒夫妻は電話の切られる音になるまでテープに視線を釘《くぎ》づけにしていたが、やがて二人揃《そろ》って首をふった。

「研市ではありません。絶対に」妻が言った。

「他の心当たりは？」

「さあ……」首をかしげた妻に、刑事は、「ただの悪戯電話でしょうが、念のために研市君にこのテープを聞かせてもらえませんか。誰なのかわかるかもしれない」と言った。

「まあ、待ちなさい」と石黒がとめた。

「ええ……あのう……」

半端《はんぱ》な返答でためらいを見せながらも腰を浮かそうとした妻を、「まあ、待ちなさい」と石黒がとめた。

「この程度の子供の悪戯には警察も目をつぶるはずだし。悪戯電話の犯人もおそらく一度きりでやめるだろうし……大袈裟《おおげさ》にしない方がいいのではないかな。こういうテープを聞いたら研市が変に傷つく心配がありますし、私たちとしても思いだしたくない事件ですからね」

そう言ってから、「どうでしょうか、刑事さん」眼鏡のレンズ越しに、地位と金を持った男特有の余裕のある目で二人の刑事を見つめてきた。

二分後、二人の刑事はその家を出た。十月の夜がひんやりとその家と広い庭とを包みこんでいる。「子供の悪戯も手がこんできたものですね」若い方の刑事が言い、「いや悪戯にしては、何か変にリアルな気がするんだがな」中年の刑事は苦い声になった。門を出たところでふり返ると、二階の窓の一つに灯がともり、黄色いカーテンごしに机に向かって勉強しているらしい子供の影が薄く浮かんでいる。

「俺《おれ》のカンが当たっているなら、またかかってくるよ、あの悪戯電話……」

その影を見あげながら、中年刑事はため息のような声でそう呟いた。

「大丈夫だわ、ただ勉強してるだけみたい」

忍び足で階段をおりてきた妻を、石黒は寝室に導き入れた。この家の中でその寝室が一番防音が確かなのだが、「テープの声を聞くまでは研市の仕業だとばかり思っていた」石黒は用心深く声を落とした。

「お前もそう疑ってたんだろう」

「ええ……リヴィングにいたといっても私何度も台所に立ったり庭に出たりして離れましたから……ただあのテープの声」

妻は唾《つば》を飲みこむように短く言葉を切り、

「研市と一緒に遊んでいた和彦君の声みたいなんです。ただ二人ともそんな気配は微塵《みじん》もなくてただゲームをやりながらふざけてただけだし」

「本当なのか、その和彦って子の声だというのは。そうだとしたら研市がその子に頼んで電話をかけさせたんじゃないか……」

「ええ、私もそう考えてるけれど……でも研市がどうしてそんなこと……」

「俺にもはっきりしたことは何もわからんさ」

いら立った声のあと、「ただ……」石黒は冷たい目で妻の、怯《おび》えてかすかに震えている目を覗きこんだ。

「お前も、それを心配したんだろう。警察から電話がかかってきて、まずそれを心配したからとり乱したんだろう?」

「ええ……でも……」

「いや、もしかしたら研市はあの事件の全部を知ってしまったのかもしれない」

「どうやって? 警察でさえあの事件の真相を知らないのに、どうしてまだ七つのあの子が……」

妻の悠子は激しく首をふった。

「いや、子供だと油断していたが、考えてみれば研市はあの事件の真犯人二人と一緒に暮らしてるんだからな……俺たちはこれまでにあれが寝ていると思って何度かあの事件の話をしている。まだ先月じゃなかったのか、あれは。あのことを喋《しゃべ》っている最中にお前が二階で物音がしたと言って慌《あわ》てて口を噤《つぐ》んだのは。あの時は空耳だったで済ましたけれど、もしあの時、階段の上ででも研市が聞いていたとしたら……」

それだけを言ってから、「いや――」石黒はそれまでの自分の言葉を首をふって追い払った。正確には追い払いたかっただけである。

「考えすぎだな。警察が特別不審を覚えたようにも見えないし……」

妻にというより、何とか自分にそう言い聞かせようという声だった。不安げに二階へと泳がせていた視線を妻は、夫の顔に戻した。

犯罪者二人は見つめ合ったその目を、一瞬後には冷たくそらしていた。


二度目にかかってきたその電話をとったのも偶然、八杉俊江だった。

「ケイサツのおねえさんですか」

前の電話から四日が経《た》っていたが、その四日間、俊江が頭の隅で反芻《はんすう》し続けてきた声である。悪戯電話として無視されたあの声が俊江にはなぜか無視しきれなかった。あどけない声のどこかに悲痛な叫びを感じとってしまう。

「四日前に電話してきた子ね。石黒ケンイチって名前だって言った……」

「そうです。ぼくはユーカイされているのにどうして助けにきてくれないんですか」

「だって石黒ケンイチ君はちゃんと家にいたし……坊やの言葉が嘘《うそ》としか思えなかったからよ。どうしてこういう悪戯をするの。坊やの」そこまで言って前の電話で、

「ぼくは坊やじゃない」その声がそう言ったのを思いだし、「君の」という言い方に変えた。

「君の本当の名前や、なぜこういう悪戯をするか、その理由を教えてくれない？」

「ぼく、本当にユーカイされた石黒ケンイチです」

「石黒ケンイチ君って子が誘拐された事件は確かにあったけれど、それはもう昔のことだし、ケンイチ君は死んでしまったのよ」

「死んでいません。ぼくは八年前にユーカイされたまま生きているんです」

やはり悪戯としか思えない返答だが、その声に俊江はどうしても切実なものを聞いてしまう。石黒健一の誘拐事件は正確には九年前に起こったことだが、俊江は一年の違いを無視した。

「だったら八年前に誘拐されて今までずっと犯人にどこかの場所に閉じこめられてたっていうの？」

俊江はできる限り優しい声を作った。

「そうです……だから早く助けにきてください。一日も早く。おねがいします」

その言葉とともに電話は切られた。幼い声は必死に何かを訴えている。だがこんな悪戯としか思えない言葉で、幼い声はいったい何を訴えているのか……俊江は、極端に愛に飢えた子供が偶然、九年前の誘拐事件を知ってこういう悪戯で誰かの優しさを必死に求めているのかもしれない、ただそれだけのことかもしれない、そうも考え、すぐに首をふった。絶対にそれだけではない。何かがある……純真な声の背後に何か暗い、犯罪を匂《にお》わせるような暗い影がある……その影に飲みこまれそうになって一人の子供が必死に警察に救いを求めている……

翌日の夕方にもその電話はかかってきた。この時その電話を受けたのは別の同僚だったが、

「例の子から」

すぐに電話は俊江にまわされた。今度またかかってきたらすぐに自分にまわしてほしいと前日同僚の全員に頼んであった。俊江は、「また君ね」まずそう言った。できるだけ声を明るく装った。

「まだ誘拐されているの」

「……どうして助けにきてくれないんですか。父さんも母さんも悲しがってるのに……」

今日は公衆電話からららしい、声の背後に街の音があった。それもかなり騒がしい

一画である。商店街だろうか。

「誘拐されたケンイチ君は死んでるのよ、もう。お父さんもお母さんも今ではもう諦《あきら》めてしまってるのよ」

「ちがいます。死んでると思いこんでるだけです。それに今でもまだ悲しがってるはずです……だから早いことぼくを見つけて、父さんや母さんを安心させてください」

「ケンイチ君のお父さんもお母さんも、君からかかってくるこの電話が何のことかわからないと言ってるのよ」

「ちがいます。それは……」

そこまで言い、突然その電話は切られた。

「どう思う、この電話」

俊江はテープを巻き戻し、再生にして手の空いている同僚に意見を求めた。

「やっぱりただの悪戯としか思えないけれど」

テープを聞きながら、後輩の男はため息になった。

「そうね、でも私……」

そう言いかけて、俊江は思わずテープをとめた。電話の切れる直前に女の子が誰かに呼びかけているような声がある。さっきレシーバーでは聞けなかったその声をテープは拾っている。

何度もくり返しその部分を聞き直してから、

「ねえ、この女の子の声、『石黒君、そんなところで何をしてるの』ってそう言ってない？」

同僚たちの顔を見まわして、俊江は言った。


八杉俊江が荻窪署の安原《やすはら》刑事とともに石黒研市の通う小学校を訪れたのは翌日の早朝である。前日、俊江は荻窪署の、四日前に石黒家を訪ねたという安原に電話を入れ、「どうも石黒研市自身がその悪戯電話をかけている可能性がある」と告げると、安原は、

「いや、両親は研市君の声ではないと断言しているんですが。ただそのテープも聞かせてもらえませんか」

と言った。帰宅途上にある荻窪署に寄って、安原にそのテープを聞かせると、

「いや、私は研市君に会ってはいないけれど、あなたと同じようにこの電話にはただの悪戯ではない何かを感じているから」と言う。

「今からこのテープをもって石黒家をもう一度訪ねてみてはどうでしょう」

俊江がそう言うと、「いや、それよりも明日、学校に行って研市君の担任教師に会ってみましょう」と安原は言った。安原には何か考えがあるらしいので俊江はその言葉に従った。

石黒研市の担任教師は前島《まえじま》という、まだ大学を出たばかりのような前髪を長く額に垂らした青年だった。前夜のうちに前島には連絡を入れてあり、簡単に事情を説明してある。朝礼の間に、二人はその前島と学校の応接室で会った。

「いや、これは石黒の声ではありませんね」

テープを聞き終えると、前島ははっきりとそう答えた。

「クラスの他の生徒の声かもしれませんが」

安原の言葉に前島は首をかしげ、「わかりません」と言った。

「この『石黒君何をしてるの』という女の子の声には心当たりはありませんか。いや、この『石黒君何をしてるの』という質問は同級生のような印象を受けますからね」

「さあ、この小さな声では……」前島は、そう言い、「もうみんな教室に戻ってるでしょうから訊《き》いてきます」ソファを立った。

「すみません。できれば研市君自身には、わからないような方法をとってもらいたいんですが」

「いや、大丈夫です。さっき石黒のお母さんから電話があって、今日石黒は風邪で学校を休むということですから」

　そんな言葉とともに応接室を前島が出ていった後、安原はしばらく浮かぬ顔をしていたが、やがて、「このテープの電話をかけてきたのが研市君自身じゃないことはわかっていました。研市君は他の子供が電話をかけている、その近くで何かをしていたのです。電話をかけている者に向けて、いくら子供でも『何をしてるの』なんて尋ね方はしませんからね」

「ええ――確かに」

　石黒研市が電話をかけてきたとばかり思いこんでいた俊江は、中年刑事を絵に描《か》いたような、どの警察署にも必ず十数人はいそうな安原を改めて見つめた。怖いのはこういう一見平凡そうな男だ――この人はたぶん私以上に今度の悪戯電話事件を深く考えている……

　出ていって二分もしたら前島は一人の女の子を連れて戻ってきた。キリッとした目をした利発そうな少女である。

「高本清美《たかもときよみ》といいます。昨日の夕方、確かに荻窪駅前の商店街で石黒を見かけ声をかけたと言ってます」

前島の言葉を受けて、安原は、「その時石黒君は何をしていたの？」少女にそう尋ねた。

「うろうろしてました……別に何かしてたわけじゃなくて……」

「そのそばで他の子供が電話をかけていなかった？」

「和彦君がかけてました」

「和彦君って？」そう不思議そうな声で訊いたのは前島である。

「となりのクラスの津田《つだ》和彦君です。石黒君の近所に住んでいる……」

少女を教室に連れて戻り、五分近く経って前島は、一人の男の子を連れて入ってきた。瓜実顔《うりざねがお》の整った顔だちの子供だが、細い眉《まゆ》が神経質そうな印象を与える。

「君は石黒研市君と仲良くしているんだね」

安原が作った優しい笑顔を無表情で拒んで少年は小さく肯《うなず》いた。

「昨日の夕方、商店街の公衆電話からどこへ電話していたの？」

少年は何も答えようとしない。無表情のために顔色がいっそう白く見えた。

「君が電話をかけていて、そのそばに石黒君がいるのを見ている人がいるんだよ。

怒ったりしないから正直に答えてくれないかな……研市君が困っていることがあれば、君だけじゃなくおじさんたちも助けてあげなければと思っているんだよ」

少年はただ首を横にふった。無表情の顔は一点も動こうとしないが、白い顔がはっきりと青ざめている。

「君は研市君の代わりに警察へ電話したんだろう。ぼくを助けてくださいって……」

また首をふろうとして、少年は不意にひょこんと肯いた。

「研市君に頼まれたの？」

今度は肯こうとした途中で、大きく首をふった。

「どういうこと？」

「ケンイチ君におどされて、こわかったから」

やっと少年は小さな唇《くちびる》を無理矢理破るように声を吐きだした。安原もすぐにわかったらしいが、俊江をふり向き、無言で確認を求めてきた。俊江はゆっくりと肯いた。間違いない。あの電話の声である。

「どんなことでおどされたの？」

少年は、短くためらってから首をふった。

「いや、そのことは言いたくなければ言わなくていいよ。訊きたいのは研市君がどうして君に、自分が誘拐されてるって一一〇番に電話してくれなんて命令したかだけれど……」

「ぼくの兄さんは八年前にユーカイされて死んだことになってるけど、まだ生きてるんだ、ケイサツに電話すればびっくりしてまたソウサをし直してくれるかもしれないからって」

前島教師もふくめて大人三人は顔を見合わせた。声のあどけなさとは不釣《ふつ》り合《あ》いに、少年があくまで保っている無表情には大人びたものがあった。

津田和彦は石黒研市に命令されたままを電話で喋ったのだった。「年齢を訊かれたら、九歳、小学校四年生だと言え」とも言われたという。研市に弱味でも握られているらしい。津田和彦はそう命令され、仕方なく三度石黒研市の代役を一一〇番への電話で務めたのだった。最初の電話は研市の家のリヴィングから母親の悠子が庭に出た短い時間を狙《ねら》ってかけられ、二度目の電話は津田和彦の家からかけられた。

「死んだ兄さんの方の健一の代役でしょう」

「ええ。最初の電話で、家の電話番号を正確に言いながら住所の番地を憶《おぼ》えていないというのが変で、もしかしたら当人ではないかもしれない気はしていたんですけど……でもどうしてなんでしょうね。あんな電話をして、本当に八年前のお兄さんの誘拐事件を警察にもう一度捜査し直させようなんて考えたとは思えないけれど」

学校を出て荻窪駅へと向かいながら、八杉俊江と安原はそんな会話を交わした。

「……正確には九年前の誘拐事件です。九年前のクリスマス・イヴに犯人と少年は焼死体となって……」

安原はふっとそこで言葉を切り、何かを考える遠い視線になった。

「――石黒研市が兄の事件のことで何かを知っていて、それを警察にああいう形で知らせようとしたってことは考えられないでしょうか。それとも何か疑っていることがあって……」

「そうですね」

安原はまだ考え事をしているらしい、空返事のような弱い声である。

「やっぱりただの悪戯だったんでしょうね」

「そうならいいんですが――いや、今日はありがとうございました。ああも簡単に電話の声の主がわかるのなら、わざわざつき合っていただかなくてもよかったんですが」

そう言うと、「一つ訊き忘れたことがあるので、ちょっと学校へ戻ります」俊江に丁寧に頭をさげ、安原は灰色の背中で来た道を引き返していった。

十五分後、安原は署に入り、初めての悪戯電話がかかってきた夜にも読んだ九年前の新聞記事にもう一度目を通した。

石黒健一は顔も判別できない焼死体となって発見されたのだが、それは健一当人に間違いない。健一は確かに九年前に誘拐されて死んでいる。それなのに何故《なぜ》？

——

安原がもう一つ古い新聞の束を漁《あさ》っている時だった。

「どうしたんですか」若い刑事が声をかけてきて、安原が開いている新聞を覗きこんだ。

「あれ、また飛行機落ちたんですか。誰も騒いでいなかったけれど」

不思議そうな声を出してから、「何だ十月十五日という日付だから今日の新聞かと思った……そうか、あの墜落事故からもう八年になるのか……」

そう呟き、もう一度、「どうしたんですか、こんな昔の新聞読んで」と尋ね直した。

「いや、例の子供の悪戯電話ね、あれがどうも気になって……実際に誘拐事件が起こったのは九年前なんだが、電話で子供の声は、自分が誘拐されたのは八年前だって言ったんだ」

安原が一旦《いったん》俊江とともに出た学校に戻った一つの目的は、その点を津田和彦に確認するためだった。和彦は確かに研市から「八年前に誘拐されたと言うように」命令されたと言う。

「子供のことだから間違えたんでしょう」

「そう……私も今までそう思って無視してきたんだ。たった一年の違いだから……ただ急にさっき、それが本当にただの子供の間違いだったのだろうかと疑問をもってね」

「どういうことです」

「いや、石黒ケンイチが誘拐されて一年後にもう一度石黒ケンイチが誘拐された可能性はないだろうかと考えてね、それで八年前の新聞を見てるんだが……それらしい誘拐事件は起こっていない」

「でも、石黒ケンイチって子、誘拐されて殺されたんでしょう？　それなのにどうしてまた一年後に……」

若い刑事は安原の頭が変になったのではないかと疑う目つきになった。

「いや、そんな目で見ないでくれよ。私は本当に心配してるんだから」

「何をですか」

「あの子のことをだよ……あの子今日学校を休んでいるというのが気になって……」

安原は眉間《みけん》に深い皺《しわ》を寄せた。


「大丈夫かしら、錠をかけておかなくて」

研市の部屋のドアを閉めながら石黒悠子は夫に心配そうな声をかけた。

「大丈夫だ。窓からは出られないし、この睡眠剤は数時間は効く……」

石黒は注射器をケースに戻し、先に階段をおりた。

「いつまでもこんな風にして家の中に閉じこめておくわけにはいかないわ」

「数日のことだ、その間に何とか解決策を考える、その間学校には風邪ということにしておけばいい……」

「あの子を黙らせても、和彦君にだってもう話してしまったかもしれないし……それにこんなことをすればあの子、いよいよ私たちのことを誘拐事件の犯人だと……」

「誘拐なんて言葉を口にするな。俺《おれ》たちのしたことは誘拐じゃない」

出勤のために上着を着こみながら、石黒は、

「いいか、目をさましても絶対に家の外に出すな。それから電話にも近づけるな。それから和彦という子を呼んで、こっそり研市から何を聞かされたか聞き出してくれ」

そう言ってから妻の不安そうな顔に目をとめ、「心配するな。いざとなれば最後の方法をとればいい」そう言った。

「最後の方法って？」

夫の言葉は妻をいっそう心配させただけだった。

安原は八年前の新聞をくっていた手をとめた。十一月十七日の社会面の片隅にある「病院を告訴」という見出しの文字を目が拾ったのだった。

『上総宗一郎《かずさそういちろう》さん（会社員30歳）は十日前生まれて数時間後に呼吸困難で死亡した乳児の死は病院側に手落ちがあったからだとして病院を告訴した』

安原は小さなその記事に視線を貼《は》りつかせた。病院の名が石黒研市の父親の勤め

先である。それだけではない、その記事の十日前といえば十一月七日である。研市の小学校へ安原がわざわざ戻って聞き出した研市の誕生日だった。

ただの偶然だろうか。だがもし石黒研市もその病院で生まれたのだとしたら……可能性は充分にある。妻が夫の勤め先の病院で出産した可能性は充分にある……

安原はまず病院に電話を入れ、十分後その電話を切ると、今度は新聞に載っていた住所で上総宗一郎の電話番号を調べ、ただちに電話を入れた。

「はい、上総です」

妻らしい女性の声が応《こた》えた。


「これは想像だし可能性の域を出ませんが」

一時間後会議室に座った四人の刑事は喋りだした安原に視線を集めた。

「あの悪戯電話で研市君は真実を喋っている可能性があると私は考えているんです。実際に一一〇番したのは友人ですが、研市君自身が喋ったと考えていいでしょう」

「八年前に誘拐されてそのまま今も誘拐されているという言葉がですか」

刑事の一人の質問に安原は肯いた。

「しかし研市君は両親といたわけですし……」

「いや、あの家が誘拐犯の家であり研市君が八年間ずっと誘拐犯二人と暮らしていたのだとしたら？　研市君自身がつい最近まで自分が誘拐犯人にこの家に閉じこめられていたのだと気づかなかったのだとしたら……いやつい最近何かのきっかけでそれに気づいてしまったのだとしたら？　自分がこの家で両親に育てられていたのではなく誘拐犯に隠れ家に閉じこめられていただけなのだと気づいたとしたら……」

「両親が研市君を八年前に誘拐して育てたというのかね。だが石黒夫妻は研市君の兄にあたる子供を前の年に誘拐されて殺されている……偶然がすぎやしないか」

「だったらこれも偶然すぎることでしょうね。研市君が父親の勤め先の病院で生まれたちょうどその日の午前二時ごろ、数時間前に生まれたばかりの赤ん坊が呼吸困難で死んでいます。その両親は病院を告訴しました。結果としてはその告訴をとりさげましたが、元気に生まれた赤ん坊が数時間後には死んだことが信じられなかったと言っています。さっきその母親に電話を入れましたが、母親は、その赤ん坊の治療に当たったその晩の当直医の名を憶えていました。石黒修平――研市君の父親ということになっている男です」

「君は石黒が自分の死んだ子供と他の子供とをすり替えたとそう言いたいのか」

主任刑事が苦い声で言った。

「その可能性があると言っているんです。病院内の人間なら死んだ赤ん坊と生きている赤ん坊をすり替えることは何とかできたと思いますから。実際には赤ん坊のすり替え事件ですが、その秘密を何かの形で知ってしまった子供の研市君としては誘拐されて犯人たちに自分が閉じこめられてきたのだという考え方をしても当然でしょう。研市君は電話で真実を喋ったのです……『本当の父さんや母さんはぼくを死んだと思いこんで悲しがっているけれどぼくはまだ生きている』と——」

「しかし最初の電話では自分のことを九歳だと言っている」

「それは和彦君に代役をさせるための方便だったと思います。和彦君にまだ生きている兄の役をやらせ、九年前の兄の誘拐事件の裏に実はもう一つの誘拐事件が隠されていることを警察に必死で知らせようとしたのではないかと……いや石黒夫妻の気持ちもわからないではないのです。前年残酷な形で一人息子を誘拐され殺され、翌年また子供ができた喜びでその被害者としての悲しみを忘れようとしたら、その子供が生まれて間もなくに死んでしまった、その衝撃の大きさから今度は誘拐の加害者側にまわろうと考えてしまったその気持ちは……同じ親としてですね」

そう言うと安原は一枚の写真をとりだした。

「これが学校から借りてきた研市君の写真です。九年前の新聞に載った健一君の顔にも両親の顔にも全く似ていないと思うんですが……」

頰《ほお》の丸みが幼さを強調した顔の中で、二つのつぶらな目が閉ざされた小さな唇のかわりに何かの言葉を語ろうとしている——

「研市が病気で寝ているものですから、学校から帰ってきたら和彦君にちょっと来てくださいって……会いたがってますから」

津田和彦の母親にそう嘘を言って石黒悠子は電話を切った。和彦君が来たら今研市は眠ってしまったところだからと嘘を言い、お菓子でも与えながらゆっくりと聞き出そう、和彦君までが何を知ってしまったか……

そんなことを考えながらやっと電話機から手を離した時、チャイムが鳴った。玄関のドアを開けると前に来た二人の刑事が立っている。「どうも」二人とも奇妙に愛想のいい笑顔を作っている。

「実は今またあの悪戯電話がかかってきたので研市君が本当にいるかどうか確認させてもらいに来ました。今日は風邪で学校を休んでいるそうですが。会わせてもらえませんか」

「今二階で眠っていますけれど」

嘘だ、刑事たちは嘘を言っている。それはわかったが「寝ている姿でも確認させてください。警察としての義務ですから」そう言われると拒めなかった。研市に近づけなければいい――

中に入れた二人を悠子は研市の部屋へ案内した。階段を上りながら不安と緊張で胸が波うつほど激しく動悸《どうき》が鳴った。ドアを開ける手が震えた。刑事が中に入れないような位置に立ったが、若い方の刑事が強引に部屋の中に入りこみベッドに近づいた。制《と》める余裕はなかった。若い刑事は子供を揺り起こそうとし、すぐに抱き起こし、「安原さん、変ですこの子」緊迫した声になった。

何か嘘をつかなければ――

そう思って咄嗟《とっさ》に開いた口から、悠子自身にさえ意外な声がほとばしり出た。呻《うめ》き声《ごえ》のような叫び声のような悲しい声だった。心臓が爆発し、悠子の意志を無視して勝手にその声を弾《はじ》きだしたとしか言い様がなかった。

子供の母親は、いや八年前の世間には知られていない誘拐事件の共謀者は次の瞬間両手で顔を覆《おお》い、泣き崩れて床にうずくまった。

夜のもうひとつの顔

鋭い刃《やいば》が眠りを切り落とした。

電話だ……警察から掛かってきたのだ。あの死体がもう発見されたのだ……

眠りから覚めたばかりとは思えない確かな意識で、葉子《ようこ》はそう考え、はめたままの腕時計を見た。十一時三十二分――

あの家を出たのが七時半ごろだからこのマンションに戻りベッドに倒れこんだのは八時半近かっただろう。頭の芯《しん》に自分の方が殴られたようなしびれがあって、そのまま三時間近く眠ってしまった……眠りといっても極度の緊張が引き起こした失神に似た偽《にせ》の眠りである。眠っていた自分のすぐ隣りに、目覚めているもう一人の自分がいてあの家で犯した罪に怯《おび》えつづけていたのだろう……

四時間前。正確にいえば午後七時二十八分。凶器となった大理石の置時計が指し示していた時刻を、あの混乱の中で何故《なぜ》こうも鮮やかに頭に焼きつけたのだろう、体が勝手に動きあの家に入ってから触れた物をいつの間にかハンカチで拭《ぬぐ》っていた
……

電話のベルが執拗《しつよう》に鳴り続けている。

いや、死体がこうも早く発見されるはずがない、葉子は必死に自分にそう言い聞かせた。あの男平田紳作《ひらたしんさく》の妻の雪絵《ゆきえ》は土日を利用して伊豆《いず》の別荘に出かけているのだ、平田自身が、家に入るのをためらった葉子に、「大丈夫だ、雪絵は明日の晩九時まで帰ってこない」と言っている。それでも葉子が渋ると、「あいつが一度決めた予定を変更したことがないのは、あいつの秘書も同然の君もよく知っているだろう」とも言った。それはわかっていた、平田雪絵は何事にも厳格な線をひきたがる女だった。すべてに精密な設計図を用意し、それがわずかでも狂うのを嫌《きら》った。時間だけでなく仕事場のペンを置く位置まで……家でもすべての調度品が雪絵の設計図どおりに置かれているのだろう。それが四時間前に災いした。あの居間のテーブルのあの位置にあの大理石の時計が置かれてなければ、私の手が咄嗟《とっさ》にそれを握ることもなかっただろう……そう、咄嗟に。殺意などなかった。だが、それを誰が信じるだろう。一年近く愛人をやっていた女が、男の自宅に連れこまれ、突然別れ話を切り出され、突然「最後にもう一度だけ抱かせろよ」と言われ、突然ソファに押し倒され、その男の手に突然嫌悪感を覚え、そばの置時計を摑《つか》んでしまったなどと……

事実は間違いなくそうだった。平田が「妻の雪絵にバレないうちにこの関係を清算しよう」と切りだした時には黙って肯《うなず》き、その家を出るつもりだった。だが平田は「最後にもう一度」と言い、葉子が拒むと、「どのみち遊びだったのだろう。だったら一回ぐらい余分に遊んでもいいじゃないか」唾《つば》を吐き棄《す》てるようにそう言ったのだった。その瞬間、全身に嫌悪感が走った。すべてはそのためだった。だが誰がそれを信じてくれるだろう……一年間、月に最低二回は抱かれていたその腕に最後の瞬間に嫌悪を感じとったなどと……「私の方では本当に愛していた」そう訴えれば警察はそれこそが殺人の動機だと考えるだけだろう……

電話はまだ鳴っている。

葉子は思いきって受話器をとった。

「葉子さん、よかった、いてくれて……私」

いきなり四時間前自分が殺した男の妻の声が耳に流れこんできた。

「すぐこちらへ来て。困ったことが起きて……あなたにしか助けを求められないの」

初めて聞く平田雪絵のとり乱した声だった。葉子に何かを考える余裕はなかった。

「こちらって……伊豆ですか」

「いいえ。世田谷《せたがや》のお家《うち》……予定を変えて伊豆からさっき戻ってきたら……家へ来てくれればわかるわ。すぐに来て」

返事も待たずに電話は切れた。葉子はすぐに受話器を耳から離せなかった。困ったこと……平田雪絵の声をああも乱させる何かがあの家で起こったのだ。彼女の人生の設計図を大きく狂わせる何かが……そうしてそれが何であるかをこの私が雪絵以上によく知っている。

受話器を握る手には、まだあの時の衝撃が残っている。四時間が経過して、逆にその手には一つの事件が生々しく匂《にお》っていた。


四十七分後、葉子はその家の玄関のチャイムを鳴らした。何度鳴らしても返事がない。二分後、葉子はドアのノブを摑んだ。錠はおりていない。ドアはかすかな金属音と共に開いた。靴《くつ》を脱ぎ、廊下を歩く。この家に入るのはこれで三度目だ。意味もなくそんなことを考える……最初は一年前、正確には一年一カ月前の日曜の午後だった。知り合いの紹介で、お手伝いさんになるための面談をしにこの家を訪れた。その前年に葉子は夫を交通事故で失《な》くしている。三十四歳の若さで未亡人になった葉子に平田夫妻は深い同情を見せ、一時間近い面談の後、「あなた頭が切れそうだから、お手伝いさんじゃなく私の画廊の方を手伝ってもらえないかしら。その方が給料も多めにさしあげられるし」雪絵はそう言い出し、同意を求めるように隣りに座った夫を見た。素顔なのに華やかな化粧でもしているような美しい妻とゴルフ焼けした皮膚の色が彫りの深い顔だちに似合った二枚目の夫、暇つぶしに画廊の経営を始めた妻と大手繊維会社の部長をしている夫……夫は肯き、無言の目で葉子の目を見つめてきた。そう、あの時既に決まっていたのだ。翌日から渋谷の画廊に勤めることだけでなく、半月後の晩平田が葉子の部屋に妻には内緒で電話を掛けてくることまでが、あの一瞬の無言の目と共に決まっていたのだ……その電話で平田は言った。「雪絵があなたをお手伝いさんにしなかったのは、あなたみたいな美人を俺《おれ》の身近に置くのを避けたかったからですよ」それはただの誘惑の言葉ではなく事実でもあったのだろう。この一年、雪絵は自分と使用人の葉子の間に厳密な一線を引き、あれ以来一度も葉子を自宅に呼ばなかったし、夫に会わせようともしなかった。陰で夫と使用人とが自分の設計図を大きく歪《ゆが》め、壊しているとも知らず……

だから今夜平田に引っ張りこまれたのが二度目で、今——犯行現場に舞い戻った犯人のように足音を忍ばせ居間のドアへと歩きだした今が、三度目の訪問になる。

家自体までが死んでしまったかのように、冷えきった夜気が葉子を包みこんでいる。居間のドアを開ける前に、葉子は一度目を閉じアパートを出る時につけた決心が揺らいでいないか、確認した。このまま何も知らなかったことにしてしまおう、今夜自分がこの家に出入りしたところを見た者はいないし、この一年平田が自分のアパートに出入りするところを見た者もいないはずだ。二人は秘密を守るために細心の用心をしてきたのだ。半年前の五月の終わりに猪苗代湖《いなわしろこ》に出かけたが、旅館の宿帳には二人共偽名しか残していない。二人の関係が発覚しない以上、警察が自分に容疑の目を向けることもないだろう……巧《うま》く何も知らない芝居をしさえすれば

……

葉子はドアを開けた。灯《ひ》の光と共に広い居間のすべてが葉子の目に流れこんできた。その中心に雪絵の姿がある。床に座りテーブルの端に顔を伏せ、両脚をだらしなく投げだしていた。夫の死体を発見すると同時に、この女の設計図は簡単に壊れ去ってしまったのだろう……死体？　葉子は目を、雪絵の体のすぐそばのソファに移した。

わずかにホッとした。死体には赤い毛布がかぶせてある……

「どうしたんですか、いったい」

葉子がかけた不安そうな声に、雪絵はゆっくりと顔をあげた。空《うつ》ろな目は葉子が

誰なのかすぐに思い出せないかのようだった。

「何があったんですか」

やっとその声で我をとり戻したらしい、目が焦点をもった。その目を思い出したようにソファの上へと振り、激しく首を振った。

「死んでるの、主人が……伊豆から戻ったらこのソファに倒れてて……」

「――事故なんですか」

「違うわ。血は流れてないけど頭の後ろに傷があって……これが……」

テーブルとソファの間に落ちてひっくり返っている大理石の置時計を目で示した。

声はまだ震えている。

「殺されたんですか、ご主人」

自分でも信じられないはど自然に驚愕《きょうがく》を声に出せた。雪絵は肯き、「でも何もわからない」と言うようにもう一度首を振った。

「警察は？　警察は呼んだんですか」

「まだよ……あなたに電話するのが精一杯で……」

「だったらすぐに呼ばないと」

居間の隅《すみ》の電話機に向けて歩きだした葉子を、突然立ちあがった雪絵が体ごと制《と》めた。

「駄目《だめ》よ」そう叫んだ。「警察は真っ先に私を疑うわ……」

髪をふり乱して必死に首を振り続ける雪絵を抱くように両手で支え、葉子はソファに座らせ、自分もその隣りに腰を浅くおろした。

「どういうことですか。真っ先に疑われるって。社長にはご主人を殺す理由なんかないでしょう？　喧嘩《けんか》したこともない夫婦だって」

「あれはあなたにだけついてた嘘《うそ》よ」

雪絵は顔を両手で覆《おお》った。

「あなたに真実を告げる必要はないと思って——でも他の人たちはみんな知ってるのよ、私たちの夫婦仲がもう何年も前から冷えきってることは。昨日の晩も大喧嘩をして、それを康代《やすよ》さんに聞かれてしまってるし。知ってるわね、週に二回来るお手伝いさん。二、三度画廊の方にも来たことがあるし……警察はそれが動機だと考えるわ。本当は今朝になって仲直りしたのよ、彼は女と別れるって約束してくれたし、何年かぶりの和解だったし……彼は今夜中にその女と別れて、明日伊豆へ行くって。伊豆でもう一度やり直すための話し合いをしようって……二時に私が家を出た時には彼は優しい言葉をかけてくれたし、私の方も……でもその証人はいないのよ。警察は昨夜康代さんが聞いた諍《いさか》いの声の方を私たち夫婦の現実だと考えるわ、きっと」

赤い毛布は死体の形状をなぞって波をうねらせている。冷えた目でそれを凝視しながら、葉子は「女って……」と口にした。

「女って……ご主人浮気なさってたんですか」

自然な声を出さなければという緊張が、逆に声を不自然に乾いたものにした。だが心配はない、動転した雪絵には葉子の声の変化に注意を払う余裕などなさそうだった。

「浮気は結婚した翌年から……いろんな女と、私が怒っている暇もないほど……そう、あなた去年初めてこの家へ来た時のこと憶《おぼ》えてる？　お手伝いさんになるために……あの時玄関を開けて私がちょっと困った顔したの記憶にない？　困ったのはあなたが美人だったからよ、平田の好みだから、あなたみたいな顔。あなたを主人のそばに置きたくなかったから、渋谷の画廊を手伝ってもらうことにしたの。だってその前までいたお手伝いさんにも手をつけて、何とか別れさせたばかりだったから……それなのに性懲《しょうこ》りもなくまた別の〝女〟を作って」

「――どんな女なんですか、その女」

「わからないわ、全然。でも今年に入ってから女がいたことは間違いないの……」

指間からため息をこぼし、雪絵はふと顔をあげ、その目をゆっくりと葉子の顔へと捩《ねじ》った。

「何故あなたがその女のことを知りたがるの」

ぼんやりとした目は曇ったレンズに似ていて薄気味悪かった。葉子は一瞬窮地に追いつめられたような心地がしたが、すぐに「大丈夫だ」と胸に言い聞かせた。日《ひ》頃《ごろ》の厳格な雪絵なら太刀打ちできないが、突然の事件に巻きこまれ自分が築きあげた設計図の瓦礫《がれき》の下敷きになってしまったような今の雪絵なら何とか対抗できるだろう……言葉を選ぶより先に声が流れだした。

「だってご主人、今夜中にその女と別れ話をするっておっしゃったんでしょう。だったらその女が殺した可能性もあるはずですから」

巧く答えた、と葉子は思った。これなら雪絵が夫とその女の関係をどこまで知っていたか聞き出すことができる――

「冷静なのね、あなた」

曇ったレンズの目のまま雪絵は言った。

「そうね、あなたのように一見弱そうな女の方がいざとなると強さを見せて、私のように日頃強がってる女の方が脆《もろ》いんだわ……そう、すっかり混乱してそんな重要なことを忘れてたわ、私。あの人、私に約束したとおり、今夜その女に会って別れ話をしたに違いないわ。それならその女にも殺す動機があったってことだわ……」

「ええ」

葉子は肯いて見せた。やはり、そうだ。誰もがそう考える……これが突発的な事故のような事件だと考えてくれる者はいない、誰もが別れ話を切り出された女の、確かな動機に基づいた犯行だと考える……だからこそその女が自分であることを雪絵にも、警察にも絶対に知られてはならない……今のところ雪絵がその女と目の前の使用人とを結びつけて考えている心配はない。だが……

「でも事件が起こったのがこの家なら、ご主人は何故、別れ話をするのに女を自宅に呼んだのかしら」

葉子は自分が引っ掛りを覚えていた疑問を口にした。

「それは説明できるわ、簡単に――あの人ホテルみたいな場所だと自分の決心が鈍るかもしれないって心配したのよ。それに妻との生活の場で別れ話を切り出されたら、女は『嫌《いや》だ』とは言い辛《づら》いわ。あなたは知らないけれど、行きあたりばったりに浮気しながら、別れる時は細心の計算をしてた。その意味では殺されても仕方がないような卑怯《ひきょう》な男だったのよ……」

それは知っていた、平田の卑劣さは一年前のあの最初の電話でもうわかっていた。それなのに何故関係をもち、その関係に溺《おぼ》れてしまったのだろう……無意識のうちに体のどこかに溜《た》まっていた涙が、葉子の一瞬の感情の綻《ほころ》びを見逃さず目へと流れだそうとした。駄目だ、今は泣いている時ではない、そう言い聞かせ、葉子はその涙を押し戻した。

「そうだわ、その女が誰かわかれば、警察は私よりもその女の方を疑うわ、きっと」

雪絵はそう口にした言葉を、すぐに首を振って否定した。

「でも駄目だわ。私が知っているのはその女が一度使った偽名だけだから」

「偽名?」

「そう今年の五月に二人は猪苗代湖に行ってるの。夫は軽井沢へゴルフに出かけると言ってたのに帰ってきた夫のポケットにおかしな旅館のマッチがあって……私、その旅館へ電話してみたのよ。二人とも宿帳に偽名を残してたわ」

「偽名なのにどうしてご主人とその女だとわかったんですか……」

「夫は偽名を使う時大抵部下の名にするの、藤倉明《ふじくらあきら》っていう……平田という人は泊ったことがないと言われてその名を出してみたの、そうしたら、やっぱり」

藤倉明――そう確かそんな名を平田は宿帳に記した。女の偽名と共に……

「女の方は確か清美《きよみ》という偽名だったわ」

「でもそれが本当の名前かもしれないわ。ご主人が偽名を使ったとしても女の名前だけは本名を書いたのかもしれないし……」

「いいえ、偽名よ。だって清美というのはあの人の妹の名だから……そう、その点なのよ、私、その偽名の他にもう一つわかってることがあるの、その女のことでは」

「――」

葉子は顔に出そうな緊張を指に集め、ブラウスの胸もとを摑んだ。

「女の方まで偽名を使わなければならなかったのは、私その女が私の身近にいる女だからじゃないかって、そんな気がしたのよ、その旅館への電話で……」

雪絵の目はまだ曇っている。それなのに自分を見ているその目が、「その女はあなたよ」と針のような鋭い声を放っている気がした。だがこの時、ブラウスの胸をつかんでいた指がふと別の不安を拾った。それが何であるか悟った瞬間、葉子は思わず叫び声をあげそうになった。胸もとのボタンが一つ欠けている……叫び声を何とか飲みこみ、「心当たりはないんですか、そういう身近な女に」誤魔化すようにそう訊《き》いていた。

「わからないわ、全然。私の身近にいる誰が私を裏切ってるのか……でもカンでは間違いなく私がよく知ってる誰かだって気がするのよ」

雪絵から目をはずして、胸もとを見るわけにはいかなかった。葉子は指だけでボタンが確かに一つなくなっていることを確認した。今夜は六時に平田から電話が掛かってきて、服を着替え六時二十分に家を出た、七時十分にこの家に近い駅の前まで迎えに来た平田の車に乗り、十分後には家に連れこまれていた……アパートを出る時には確かにボタンはあった。駅までの電車はかなり混雑していたが生地の厚いコートを着ていたから下に着たブラウスのボタンが落ちるようなことはなかっただろう、コートを脱ぎボタンが落ちるような激しい動きをしたのは、この居間で平田にソファに押し倒された時だけだ……

この居間に、自分が犯人だと告げる小さな証拠品が落ちている……

だが葉子は目を一ミリも動かすことなく、むしろ射ぬくように雪絵を見つめ、

「ご主人の手帳や日記にでもその女の手懸りは残ってないんでしょうか」

と訊いていた。

「私が時々手帳や身の周りの品を改めることに気づいてたから、そんな手懸りを残しておくはずはないし、事実ひと月前に探しまわったけど何も見つからなかった……旅館のマッチはあの人にしては珍しいミスだったのよ」

「でも昨日の晩の喧嘩はその女のことが原因だったんでしょう?」

「いいえ、最初は別のことで喧嘩を始めて、その途中で私が思わず三月からずっと胸の中にあった疑いを口に出してしまったの。そうしたら驚いたことにあの人あっさりとそれを認めて、そのことでまたいっそう喧嘩が大きくなって……」

「どんな女なのか訊かなかったんですか」

「訊いたわ……でもあの人、ただの遊びだったし、もう手を切るつもりだからって、関係のなくなる女の話をして君を傷つける必要もないだろうって……」

雪絵の無表情が薄く笑っているとしか思えない、葉子はその目から逃れるためにゆっくりと立ちあがり、部屋を見回した。

「どうしたの?」

「もしかしたらその手懸りがこの部屋に残ってるかもしれません。その女が今夜この部屋に入った可能性があるのですから……髪一本でも重要な証拠になるでしょうから」

それが自分に言い聞かせた言葉だとは悟られないようにさり気なく言い、「そうね、それがあったわ」自分も立ちあがろうとして、目まいでも起こしたのかぐらりと体を揺らした雪絵に、

「社長は座ってて下さい。私が探しますから」

と声をかけた。

寝そべるほど低く体を屈《かが》め、まず死体が横たわったソファの周りの絨緞《じゅうたん》に視線と手を走らせ、すぐにその目と指とを止めた。

意外なほど簡単にそれは見つかった。ソファから垂れ落ちた毛布の端のすぐ近くに、それはかすかに光っている。

葉子は安堵《あんど》した。ありふれた小さな貝殻《かいがら》ボタンだが、命とりになる犯行の痕跡《こんせき》である。——葉子は這《は》わせた手でそれをかすめとり、テーブルの下を覗《のぞ》きこむふりで上半身を捩り、その隙《すき》にボタンをブラウスの上に着ているカーディガンのポケットへすべりこませた。

その後も葉子は、広い居間に敷きつめられた絨緞の上を、這いずる恰好《かっこう》で動きまわった。自分の髪の毛が落ちているかもしれないと心配したからだが、それを見つけようとは思わなかった。その必要はない——たとえ警察が葉子の髪を見つけたと

しても、こうやって雪絵を救うために部屋を這いずりまわった際に落ちたのだと誤魔化せる——

雪絵は貧血でも起こしたのか、青白い顔でソファに蹲《うずくま》っている。日頃の華やかな生命を失い、その肌《はだ》の色は無彩の化石に似ている。葉子は豪華な調度で埋まった居間のあちこちを調べるふりで、何よりその一人の女を点検していた。三歳年上なだけなのに自分を〝社長〟と呼ばせる傲慢《ごうまん》な女に、この一年で初めての優越感を覚えていた。すぐそばに夫を殺した犯人がいるとは気づかず警察が自分に容疑をかけることばかり心配している愚かな女がそこにいるだけだ——いや……

ピアノの上にブロンズ像が飾ってある。名高い彫刻家に雪絵が頼んで造らせたという自分の全身像である。本物の四分の一ほどの大きさだが、それが逆に雪絵の肉の豊かさを強調している。顔は強固な意志をむき出しにしていた。

葉子は怖くなって、視線をピアノのそばの電話へと移し、それから、「何もありませんね、こうなったら……」と言ってふり返った。

その瞬間、葉子の目は自分を見つめる雪絵の目とぶつかった。雪絵はその目をすぐに逸《そ》らせたのだが、葉子には今の一瞬の目が、青ざめながらも鋭い針を含んでいるように見えたのだった。

優越感は消え、再び不安を覚えながら、

「こうなったら、やはり警察を呼んだ方が」

と言ってソファに座り、その時である。不安がまた別の形をとって葉子に襲いかかった。

テーブルの真ん中に置かれた灰皿のそばに男物の銀フレームの眼鏡が投げだされている。

部屋に入った時からそこにあったらしいのだが、今まで隅の目立たない所ばかりが気になっていて、目の前のそれを見落としていたのだった。

何故——ソファに仰向けに倒れた平田の顔には確かに眼鏡があった。その眼鏡が何故こんな所に——

その疑問が得体の知れない不安の影となって葉子の胸に広がったのだった。平田はさほど視力は弱くないのに、知的な印象を人に与えるためだったのか、時々眼鏡をかけていて、今夜も確かにそれは平田の顔にあった。最後に部屋を出ようとしてもう一度死体をふり返った時、眼鏡のレンズが天井の光を集め、大きく開かれた目が瞬《またた》きでもしたかのように見えた……

死体を発見した雪絵が毛布をかぶせる前にその眼鏡だけをはずしたのだろうか。

しかし何故そんなことを……

だがその理由を直接雪絵に尋ねるわけにはいかない。平田が死んだ時眼鏡をかけていたのを自分が知っていてはいけないのだ――いや、遠まわしになら訊ける……

「やはり警察の手でその女の痕跡を調べてもらった方がいいんです。――死体には手を触れてません？　抱き起こしたりしたとか……」

「全然……一目で死んでるとわかったから。私、ただ怖くて隣りの部屋から毛布をもってきて掛けることしかできなくて」

それなら何故？　胸にこびりついてしまったその疑問符を、だが葉子は無理矢理剝《は》がしとった。不安の影は残ったが、眼鏡一つにこだわっている余裕はなかった。

「でもどうしてそんなことを訊くの？」

不思議そうな雪絵の目に、

「それなら大丈夫です。死体にもその女の痕跡が残ってるかもしれませんし、警察が必ず見つけてくれます。昨夜の喧嘩をお手伝いさんに聞かれていると言うなら、彼女がそういう女が存在したことを証言してくれるでしょうし、警察はたぶん社長よりその女の方に嫌疑《けんぎ》を向けると思います」

「でも私にはアリバイらしいものもないのよ」

「伊豆へは、往《ゆ》きも帰りも御自分の車で？」

「そう……だから証人もいないし、別荘に着いたのはいいけれど、夜になって本当に夫が女と別れるか不安になって戻ってきたなんて理由を警察が信じてくれるとも思えないわ」

だったら大丈夫だ、警察は浮気相手の女よりこの妻を間違いなく疑う——胸の中の安堵の呟《つぶや》きを裏返し、葉子は心配そうな顔を作った。

「でも大丈夫です——その女だってアリバイはないはずですから」

「——何故それがわかるの」

「だってその女はここでご主人を殺していたんですよ。アリバイがあるわけが……」

その言葉を最後まで言わせず、

「葉子さん……あなた……」

不意に雪絵はふり向き、青ざめた針の目を再び葉子に突きつけてきた。

「あなた、どうしてそうはっきりと断言するの。その女が殺したって……」

まるであなたがその女であるみたいに……目の針はそう語っている……葉子は、仮面のような無表情を崩さなかった。

「社長の話を聞いて、そう確信したんです。警察だって、社長が正直に話せばそう考えるはずです、だから……」

「それより……」

雪絵の目の焦点が、葉子の顔から二、三ミリはずれた。数秒黙って、葉子の後方の何かを見ていた。葉子の背後に誰か人でも立っているように……葉子が背に誰かの影を感じとったような気がして思わず背後をふり返ったのと、

「さっきからずっと気になってたんだけれど」

雪絵の呟きが同時になった。背後にはもちろん誰もいない、雪絵の視線の方向にはピアノがあるだけだ。

「葉子さん、あのピアノの上のブロンズ像を十センチほど右に動かしてくれない？変ね、私が昼にこの家を出る時にはいつもの位置にあったのに、誰が動かしたのかしら。元の位置に戻してちょうだい、気になるから」

何故こんな時にいつもの潔癖さを見せるのかわからなかったが、言われたとおり葉子は立ちあがってピアノに近寄った。

ブロンズ像は意外な重量感を手に伝えてくる。葉子が両手で何とかそれを十センチ近く動かし戻ってくると、

「ついでにそこに落ちてる時計もテーブルの上に戻して。気になって仕方がない

わ」

　雪絵はそう言った。

「でもこれはこのままにしておいた方が……これが凶器かもしれませんから、ご主人の後頭部に殴られた跡があるというなら」

　そう言ってから、葉子は初めてそれに気づいた。死体は毛布の下で仰向けに倒れているはずだ、顔を上にして。それなのに死体には触れなかったという雪絵が何故、後頭部の傷を知っているのか……

　葉子は雪絵の顔へと、露骨に目の焦点を絞りこんだ。この女は死体をいじっている、眼鏡をはずしたのもきっとこの女だ……だが何故そんなことを……それに何故、そのことを私から隠さなければならないのか……

　雪絵は突っ立っている葉子を見あげた。

「どうしてこれが凶器だと思うの？　凶器はあのブロンズ像の方よ、平田がピアノのそばの電話を掛けて背中を向けてる隙を狙《ねら》って……その方が自然でしょう？　それともあなた、この大理石の時計の方が凶器だと言い切る根拠でもあるの？」

　それは私がこの手でこれを握り平田を殺したからだ……だがもちろんそれを口にするわけにはいかない。雪絵の方の目も、今までとは違い、何かをむき出しにしている、何かを……

「それにもう一つ、私がずっと気になってたことがあるの。あなた、何故さっきからそうも執拗《しつこ》く警察に電話することを勧めるの？」

「それは……結局、警察の手に全部を委《ゆだ》ねた方が有利だからです。社長が殺していない以上、一秒でも早く」

今度も最後まで言わせず、

「何故あなた、そうもはっきりと確信しているの、私が殺していないと……私は、自分が殺していないとは一度も言ってないのに」

突然いつもの社長の声に戻って、鋭く言葉を投げつけてきた。

「でも……それは……」

何かが大きく逆転を始めた。それが何かわからないまま、葉子は突っ立っている他なかった。雪絵は余裕のある手で、バッグの中から煙草《たばこ》をとり出し、その一本を口にくわえて火をつけ、葉子を見あげた。今までとは全く別の表情が顔に広がっている。

それが微笑だとは葉子にはすぐにわからなかった。微笑と呼ぶには冷たすぎる微笑――

「そう、私は殺してないとは言ってないわよ」

煙とともに雪絵はそんな言葉を吐きだした。

「警察が真っ先に私を疑うのではないかと心配してるのは私が平田を殺したからだわ、あのブロンズ像で……」


嘘《うそ》だわ、殺したのは私……

喉《のど》を突きあげたその声を葉子は飲みこんだ。不意に自信を失《な》くしたのだった。本当に自分が殺したのか……一瞬のうちに錆《さ》びついた頭を無理矢理動かし、葉子は必死にその時のことを思いだそうとした。仰向けにソファへと倒れこみ動かなくなった男の胸に反射的に耳を押し当てた……心臓は完全に停止していた……だが本当にそうだったのか。混乱の中でそう思いこんだだけではないのか……

葉子はテーブルの上の眼鏡を見た。あの時平田は一時的に失神しただけで、葉子が出ていった後意識をとり戻し、自分の手で眼鏡をはずしたのだとしたら……

「社長が伊豆から戻ったのは何時ですか」

何とかそう訊いた。

「十時半ごろ——どうして？」

「その時、ご主人は生きていたんですか」

「当たり前よ。今私が殺したと言ったでしょう？　生きていない人をどうやって殺せるの」

「何故……何故殺したんですか」

「昨日の喧嘩も今朝の和解も本当……でも和解したっていうのはやっと平田が離婚に同意してくれたという意味でだわ。葉子さん、私にも男がいるの。平田と別れてその男と結婚したいのだけれど、平田は自分も女を作りながら離婚には同意してくれなくて……それが今朝やっと解決したの。私は晴れ晴れとした気持ちで伊豆に行き、男が来るのを待ってた。それなのに困ったことが起こって……電話で呼び戻されて……家に帰るとあの人、すっかり気持ちを変えていて『俺はあの女と別れるから、お前も男と別れてくれ』って。私が『あなたの言葉なんか信用できない』と言うと『だったら今からお前の目の前で電話を掛けて女に別れの言葉を叩きつける』って、電話に駆け寄って……私の意思なんか無視して……プッシュホンのボタンを押す音が聞こえ始めて……私、最後のチャンスだと思った。電話が相手の女に通じる前に行動を起こさないと、また今までどおりの生活をくり返すことになるって……ほとんど反射的にブロンズ像を握って、背を向けたあの人の頭に……」

押し殺した声は事実を語っているとしか思えない。私が殺したのではなかったのだ、葉子は胸の中で大きくそう叫んだが、安堵している余裕はなかった。

「あなたに助けを求めて良かった。あなたは助けてくれたわ。警察がその女の方を疑う可能性の方が大きいって……そう、その女に罪をなすりつければいいのよ。それに私……」

灰皿で煙草を揉《も》み消し、雪絵は突っ立ったままの葉子の顔へとゆっくりと目をあげた。

「それに私、本当はその女が誰かを知っているの」

冷たい瞳《ひとみ》の一点だけが葉子を見ていた。その目の語る言葉を葉子は今度こそはっきりと聞きとった。「いつからご存知だったんですか」震える声が葉子の意思とは無関係にそう訊《き》いていた……それには直接答えず、雪絵は、

「平田はお手伝いの康代さんとも出来てたの。さっき最後に電話を掛けようとした相手も康代さんよ、でも私、平田を殺した犯人役には康代さんより、もう一人の女の方が似合うと思うの。だってその女は……今夜、一度この部屋で殺人事件を起こしてるから」

そう冷たく言い放った。微笑をにじませながら瞳の一点だけが動こうとしない

……やはり知っていたのだ、この女は全部……平田が自分以外にお手伝いとも関係をもっていたことなどどうでもよかった。ただその目だけが怖かった……

「そう、全部聞いたのよ、彼から。一瞬気を失っただけですぐに意識をとり戻したけれど、あなたが指紋を拭《ぬぐ》っているのを見て死んだ振りをしていたって……それから伊豆の私に電話を掛けてきて……だからあなたに罪をなすりつけても文句はないでしょ？　あなただって指紋を拭った時、自分が罪から逃れて私に罪をなすりつけるつもりだったはずだから」

既に罪はなすりつけられている。この女が私を呼んだのは現場にもう一度指紋を残させるためだ。玄関や居間のドアに……

「安心した？　自分が殺してないとわかって」

葉子は激しく首を振った。その安堵の代わりに自分が雪絵の罠《わな》に落ちたことをはっきりと感じとっていた。いつもの雪絵の設計図どおりの、揺るぎない罠に……

崩れ落ちそうな体を何とか支え、「じゃあ何故」葉子はそう訊いていた。

「何故、私に自分が殺したと告白したんですか。黙っていれば私は自分が犯人だと信じ続けたはずだわ。その方があなたには好都合だったはずなのに……」

「そう、あなたの犯行をそのまま再現できたのならね。でも完全な再現は無理だったのよ。あの時夫は既に電話を掛け始めていたし、焦《あせ》っていた私にはあなたが使った凶器を手にするだけの余裕はなかったの。咄嗟に近くにあったブロンズ像を握ってしまって……だからあなたを警察に逮捕させても凶器の違いが判明すれば、あなたは自分が犯人ではないことを知ってしまうはずだし。それにもう一つ、あなたの犯行と私の犯行とには決定的な違いがあったのよ。どのみち、あなたはそれが自分の犯した事件ではないと知るはずだったわ」

そう言い、雪絵は不意に立ちあがった。

殺される——体がそう感じとり、思わず葉子は二、三歩足を退《ひ》いた。雪絵がすべてを喋《しゃべ》ったのは、私を生かして警察に渡すつもりがないからだ……

だがそんな葉子を無視し、雪絵は電話の方へ歩み寄り、受話器をとった。どこへ電話を掛けるのだろう……警察だろうか。

相手はすぐに電話に出たようである。

「ええ、もう終わったわ。すぐに来て……二分もあれば来られるわね……ちょっと待って、葉子さんに替わるわ」

雪絵の手が受話器をさし出してきた。警察ではない、わかったのはそれだけだった。吸い寄せられるように歩きだし、葉子は受話器をとった。

「俺だよ……」

暗い声が耳へと忍びこんできた。

「──誰なんですか……」葉子は声を絞りだした。

「俺だよ。今夜一度あんたに殺された男だよ。一年もつき合った末に殺すなんて非道《ひ》《ど》いじゃないか」

平田の声である……間違いない……

葉子の手から受話器がすべり落ちた。その手で葉子は口を押さえ、迸《ほとばし》りだしそうな悲鳴を何とか耐えた。床へと垂れた受話器を元に戻し雪絵はふり向いた。目がまだ笑っている……生きていたのだ、平田は生きている……だが、それなら……

葉子は首を大きく振った。ソファの上に確かに死体がある……いや、本当に死体なのか。毛布の下にあるのは本当に死体なのか……芝居だったのだ、全部が……次の瞬間にはソファへと走り、葉子は全身の力で毛布を剝ぎとっていた。翻《ひるがえ》った毛布に引っ張られ、葉子の体は床へと崩れた。驚愕《きょうがく》で大きく見開いた目はソファの上に釘《くぎ》づけになった。

自分が何に驚いているのかはわからなかった。そこに確かに死体があったからか、それともその死体が自分の見たこともない男だったからか……顔は見なかったが、体だけでも平田でないことはわかった。平田はこんな醜く太った男ではない……いや……それともこれが平田なのか……

「改めて紹介するわ。一度も会ったことなかったわね……これが私の主人の平田紳作……」

雪絵の落ち着き払った声が聞こえた。さらに続くその声を葉子は別世界の遠い声として聞いた。

「私だってミスを犯すことがあるのよ。初めてあなたがこの家に来た時がそうだった。私あなたが来る日を一日間違えてて、あの日夫が留守だったので男を連れこんでたの。あなたを見て瞬間ギョッとしたけど、すぐに立ち直ったわ……あなたをどう騙《だま》したかは説明しなくてもいいわね……でももう一つのミスは彼が『平田』の名を偽ったまま、あなたを誘惑したことよ。彼のポケットにマッチを見つけて、猪苗代湖へ電話を入れた時すぐにわかった。だって彼は偽名じゃなく本名を宿帳に残していたから……」

藤倉明——その名が意識の隅《すみ》をかすめた。

「その後彼からあなたのことを打ち明けられたけど、仕方なかったのよ、彼が、私が離婚するまでは俺だって自由にすると言うから……それが今朝すべて解決して、夫が康代の所へ出かけたから、私藤倉にこの家の鍵《かぎ》を渡して……彼はあなたと別れ話をした後、伊豆へ来ることになっていて、すべてが上手《うま》く行くはずだったのに……それなのにあなたがとんでもないことをしてくれたから……彼からの電話で慌《あわ》てて伊豆から戻りこの部屋で藤倉と喋っている時に夫が帰ってきて……夫は私の浮気相手が自分の部下だと初めて知って逆上して、『この男とはすぐに別れろ。俺も康代と別れるから』そう言って、さっき話したとおり、電話を掛け始めて……だから咄嗟に私……でも彼はこう言ってくれたわ。『心配ない、あの女がさっき起こした事件をあんたは再現しただけだ』って」

玄関に人の気配が起こった。足音はもう廊下をこの居間へと近づいてくる……立ちあがった葉子に向かって、雪絵もゆっくりと近づいてくる……

「でも被害者の顔が違う以上、完全な再現ではなかったのよ。そうしたら彼が、『あの女が自殺したように見せかければいい』って言ったわ」

逃げなければ……だがどこへ？　もうドアのノブを回す音が聞こえる。それでも逃げようとした葉子に、雪絵が襲いかかってきた。太い腕が葉子の体を縛りあげた。雪絵の厚い肉が全身に食いこんでくる。ドアが開いた。同時に部屋を裂いた女の悲鳴を、葉子は自分があげたのだと思った。だが違う……

雪絵でもない。雪絵は葉子の体を離すとドアをふり向き、押し潰《つぶ》されたような声を吐きだしただけだ……葉子はその方を見た。

ドアのそばに一つの顔がある。平田、いや一年間平田を装い続けた男の顔ではなかった。かすかに記憶のある一人の女の顔……

「康代さん、あなたが何故ここに……」

雪絵の声に、その顔は静かに答えた。

「さっきの電話で、叫び声を聞いて……ご主人の声が『俺を殺すのか』って言うのを聞いて、迷った末に警察の人を連れてきたんです。外に今……」

「嘘だわ」雪絵が叫んだ。「あの電話はまだ通じてなかったわ。あの人がボタンを全部押す前に私は……」

「通じたんです。あの時……奥さんはご存知なかったんですか。ご主人が私の部屋の番号を三つの数字に短縮して電話に記憶させておいたこと……その後、奥さんが誰かと喋っている声が聞こえたので……私……」

葉子は霞《かす》みかけた耳でその声を聞き、霞みかけた目で雪絵の顔を見た。初めてむき出しにされた雪絵のもう一つの顔を……一瞬のうちに壊れた設計図と共に崩れ落ちていく一人の女の顔を。

孤独な関係

三月末の話だから、あの事件が起こる二カ月とちょっと前ね、私、ひとりで読売《よみうり》ランドに行ったの。そう、ひとりで……

あんな事件が起こった以上、もう隠し事してても仕方がないもの、全部話してしまうけど、去年の夏頃から、私、自信なくしてたてね、――何をって？　もちろん〝仕事に生きる女〟やってることによ。そりゃあまだ三十前だし、焦《あせ》る必要はないと思ってるわよ、むしろその逆よ、三十が刻々と近づいているのに全く焦っていない自分が去年の夏頃から時々ふっと怖くなるの……ファッション産業の企画部と言えば、〝翔《と》んでる女〟やってるのが仕事みたいなところあるでしょ、ただのお茶汲《ちゃく》みOLと違って充実感いっぱいだし。会議中にボールペン挟《はさ》んだ指でサッと髪かきあげたり、海外出張で成田空港のロビーに脚を流して座ってたりする時なんか、あっ私今アメリカ映画のワンシーンやってるなんて陶酔しちゃうし……

でもそれが怖いの。翔びながら心地よい風にずるずると流されていって、気がつくとどんどん結婚って言葉から遠ざかっていく感じがして……私がただのお茶汲み

ＯＬだったら、今つき合ってるカメラマンなんかとも多少の不満は我慢してゴールインしてたと思うのね、でも今は本当に心地よい風が吹いてるわけでしょ、無理に翼閉じてあの程度の男と地上に舞いおりる必要はない、このままこの風に流されていようって思ってしまって……そう、それが変に不安なの。今はいいけどこの風が突然やんだ時、自分の翼だけで飛ぶ方法を忘れてしまっていて無残に地上に叩《たた》きつけられるんじゃないかって……はっきりと意識してるわけじゃないのよ、頭の隅《すみ》の方で青信号が勝手に点滅し始めたって……そんな感じ。仕事が面白くてのめりこんでる時なんかに逆に信号のチカチカがひどくなるの、三十歳までもう秒読み段階に入ってて今にも赤信号に変わるって……

マミはいいわよ、あんたは風がなくても飛ぶ力もってるから……でも私は本当はとても地味で堅実なヒトだし、あんたみたいに男とはただの遊びって割り切れるほど男にモテるわけでもないし……アメリカ映画の夢よりウサギ小屋の現実選んだ方がいいかなって気持ちがいつもどっかにあるの。

それなのにやっぱりこの仕事楽しいでしょ、特に今年に入ってからは私の提出した企画が通ってニューヨークのトップデザイナーにデザインさせた下着を売りだすことになったでしょ、二週続けてニューヨークへ行ったりしてると、このまま一生飛び続けていたいなと夢にどっぷり浸《つか》ってしまってる自分がいて……そうすると逆に信号の点滅もひどくなって、今までになく不安になってね、……それであの仕事が一段落した三月最後の日曜日、ひとりで遊園地へ行ったの。そう、ひとりで……

男を漁《あさ》りにかって？　もちろん違うわよ。男見つけるためならもっと別の場所へ行くわよ、私はただあの遊園地に〝現実〟を見に行っただけ……夢の仮面かぶってる私じゃなく、現実の、本当の私の顔を見つめに行っただけ……

春休みの一日だから遊園地は家族連れでごった返してた。青空の下いっぱいにいろんな乗り物がいろんな色と形で回転していて夢を紡《つむ》ぎだす工場みたいだった、子供の笑い声や悲鳴、お父さんの笑顔やお母さんの叱《しか》り声《ごえ》……家族という言葉が万華《まんげ》鏡《きょう》のように無数にちりばめられていて、〝結婚〟の二字が拡大鏡で覗《のぞ》いたみたいに大きく見えてくる気がして……

女がひとりでいてあんなに疎外感《そがいかん》抱く場所はないと思うけど、その惨《みじ》めさをわざわざ味わうために行ったのよ、自分をそういう形で傷《いた》めつければ、結婚したがってる自分が見えてくる気がしたから。

結婚しないってツッパってる女を結婚させたかったら、日曜日の午後の遊園地に一人で送りこむのが一番ね、遊園地が巨《おお》きな鏡になって、一人で生きてる女の淋《さび》しい後ろ姿まで映しだしてくれるわ。私なんか、ジェットコースターに乗ろうとして切符売り場の前に並んでいるうちに——ほら、心臓に疾患のある人はご遠慮下さいって立看板に書いてあったりするでしょ？　そこに独身女性はご遠慮下さいって書いてあるような気がしてきて、結局列を離れちゃったのだけど、そう……その直後だった、

「野木《のぎ》クン……」

って声がかかったのは。

ふり返ると、白井《しらい》部長が二、三歳の女の子抱いて、半分驚き半分笑った顔で立っていたの。いいえ、すぐに部長だと気づいたわけじゃないわ、私が離れた列の後方に一人だけ私の方を見て笑ってる男の顔があるとは感じたけれど、いつもスーツとネクタイとでキメてる部長が若者みたいなブルーのセーター着てジーンズはいてたりするから別人のようにしか見えなくて……いいえ、服装じゃなく顔のせいだったと思う、会社では必要なことを充分に喋《しゃべ》りはするけれど、どちらかと言うともの静かでしょ、最近では珍しい大人の落ち着きをもった人で、笑う時なんかも唇《くちびる》の端に微笑をにじませるだけなのに、抱いた子供を揺さぶりながら私見て笑ってる顔は、服装以上にラフで、ただの〝家庭サービスに努める良きパパ〟なんだもの。

遊園地にいる父親の顔って、みんな丸く見えるけど、部長の日頃精悍《せいかん》に研ぎ澄まされる顔も変に丸みを帯びて見えて……私の方が驚いたみたい、慌《あわ》てて頭さげて、突然部長の裸のところを見てしまったみたいにドギマギしながら近寄って、

「家庭サービスですか」

って訊《き》いて、その時になってやっと部長の隣りに立っている女性に気づいた……紹介される前に奥さんだってわかったわ、噂《うわさ》に聞いていた以上の美人で、目鼻立ちには定規を使って正確に線を描きすぎたような冷たさはあったけど、笑うとこちらが気持ちまで吸いとられてしまうような優しい顔になって……この時奥さんが手を繋《つな》いで連れてた今年小学校に上がる男の子もふくめて四人、『幸福な家族』って題名の写真を見てる気がした。

「どうして一人で遊園地なんかに」

って訊かれて、まさか本当の理由言うわけにいかないから『デートの約束してたのにスッポかされちゃったんです』って適当な嘘《うそ》答えたら、

「女を遊園地なんかに誘うような男は見込みがないよ。そんなの君の方から棄《す》てちゃえよ」

って……同情してくれたんでしょうね、結局その日は夕方まで部長の一家と一緒

にいろんな乗り物に乗ったりして、結構楽しんだわ、二人の子供も『おネエさん、おネエさん』ってなついてくれたし……

いいえ、遊園地では何もなかった。遊園地中の幸福な家族を凝縮したみたいな部長の一家につき合いながら、やっぱり私も結婚の方が似合う普通の女だなって、改めて感じたぐらい。遊園地の後、部長の車に乗ってファミリー・レストランに寄って一緒に食事して、その後部長が、「家はこのすぐ近くだからちょっとだけ寄ったら?」と言うから、その言葉に甘えさせてもらって。

リビングが吹き抜けになった、建築雑誌のグラビアを飾れそうなシャレた家だった。

「ローンの返済が大変だ」と聞かされたけど、私にはそのローンという言葉までが家族四人を繋ぐ絆《きずな》のように思えた。部長自ら淹《い》れてくれたコーヒーを飲んでいると、その頃にはもうすっかり打ちとけていた奥さんが、

「冴子《さえこ》さん、二階へちょっといらして」

不意にそう言いだしたの。

「この前買ったブラウスが少し大きすぎるの、冴子さんは私より一回り体が大きいから、ちょうどいいかもしれないわ」

サイズが合うならもらっていただけない、ってそう言ったのだけど、それは私を二階にあげて二人きりになるための口実だったみたい。

私を寝室に連れていって、菫色《すみれいろ》のブラウスを私の体にあてがい、「やっぱりピッタリだわ」ってそう言ったけど、あまり熱のない声でね……私の方も部屋を占領したようなダブルベッドやその隅にたたんでおいてある部長のパジャマの方が気になって、さっき部長のジーンズ姿に裸の姿を見たような気がしたと言ったけれど、紺に白のストライプの入ったパジャマには私たち社員が絶対に知ってはいけない部長の体臭がしみついている気がして……変に戸惑っていると、奥さんがさり気なく、

「主人には内緒で、私、ちょっと冴子さんにお願いしたいことがあるのよ」

って切りだしてきたの。

「今、企画部には何人女性がいる？」

「私も含めて七人ですけど」

「……あなた以外の六人の写真、あなたもってらっしゃらない？」

「社員旅行の時、女性だけで写したのがありますけど……でも、どうして？」

「——つまらない話だけど、私の弟が主人を訪ねて会社に行ったことがあるの、ちょっとした用で……企画部の一部分が衝立《ついたて》で切りとられて応接室みたいになってる

んですって？　そこで待ってたらお茶を運んできて下さった女性がいて、二言三言しか言葉を交わさなかったけれど弟がすっかりその人のこと気に入って……もしかしたら冴子さんかもしれないけれど」

私は首を横にふったわ、その弟さんが会社を訪ねてきたっていうのも初耳だったし……

「だったら他の六人の誰かね、弟は顔は憶《おぼ》えてるらしいんだけど、口では巧《うま》く言えないって——そういう無器用な男だから三十三にもなってまだ恋人の一人もいないんだけれど。私、それが誰か知りたいの。そしてできれば弟にちゃんと紹介してやりたいと思ってるのだけれど。明日もし時間があれば、退社後その写真届けてもらえません、弟にそのうちの誰かを訊いてみますから。あ、そうだ、明日はお祖母《ばあ》ちゃんが来て子供を見てくれる日だから、私が会社の近くまで出てもいいわ。銀座《ぎんざ》でちょっと買い物もしたいし」

私、それは構わないけどと断って、「でもどうして部長に直接頼まれないんですか。私なんかにじゃなくて」と訊いてみたの。それには奥さん、こう答えた……『ちらりと話してみたけど全然受けつけないの、公私混同をするなって』……翌日にはそれは嘘だとわかったのだけれど、嘘など一度も語ったことがないようなキレイな唇に、優しい微笑を浮かべてそう言った。

ごめんね、前置きが長くなったけれど、奥さんのその微笑が今度の事件の発端

――

次の日の夕方、帝国《ていこく》ホテルのコーヒーラウンジで、私、奥さんと会った。ノーメイクで地味なスーツを着ていただけだけれど、もともとそういうホテルのロビーとか高級リゾートのプールとか湖畔の別荘とかが似合う女性なのね、ホテルの、空気までが高価そうに磨《みが》かれた透明感の中で、私がもうすっかり見慣れた優しい微笑を浮かべて、写真を見てた……一昨年の社員旅行で伊豆《いず》に行った時、撮った写真。石廊崎《いろうざき》の燈台の前で撮ったのに、燈台も海も写っていなくて、ただ女たち七人の顔だけが写ってる……そう、口の悪い坂本《さかもと》君が「白いメロン七つの大安売りだな」って言ったあの写真。

最初に奥さん、後列の真ん中に写ってる目つきの冷たい、〝私はあなたたちと違うのに何故《なぜ》一緒に写真に撮られなければならないの〟と言ってるような……と言えばわかるでしょ？　森口令子《もりぐちれいこ》の顔を指さして、

「この人は？」

って訊いてきた。

「その森口さんではないと思います。彼女、お客さんにお茶をもっていったことなんてないですから……弟さんが一目惚《ひとめぼ》れしたと言うならこっちの娘《こ》じゃないかと思うんですけど」

私、前列の右端にいるシマムラの顔を指さしてね、「企画部で一番若い娘で、お客さんにお茶を運ぶのは大抵この娘ですし、素直でおとなしい娘だからお客さんにはとても評判いいんです」って言ったの。奥さん、視線を数秒シマムラのまん丸の顔に止めて首をふった。

「そういう性格の娘だったら、きっと違うわ。弟は消極的だから、どちらかと言うと気の強い、自分の方からぶつかってきてくれるような女性が好きみたいなの」

って言うから、私……ごめんね、マミの顔指さして、「この人が一番そういう性格してます」って教えたの。でも奥さんすぐに首をふってね、前列の真ん中で得意げな顔して笑ってる倉橋《くらはし》サンの顔の方に興味をもったみたい。森口にしろ倉橋にしろ、世界が自分を中心に回ってると自惚《うぬぼ》れてるような女でしょう？　同性から一番嫌われるタイプなんだけど、奥さんはね、同性に嫌われる女って意外に異性を惹《ひ》きつけるものなのよって、視線をじっと倉橋サンの笑顔に注いでるの……

だから私言ってやったのよ、

「その人、倉橋さんって言うんですが、倉橋さんは弟さんに紹介しても無駄《むだ》だと思います。弟さんの方が三つ四つ年下になるはずだし、倉橋さんって年下の若い男には興味が全くないみたいで、今、……中年の男性と不倫の真っ最中だって噂もありますから」

って。

奥さん、ちらりと目をあげた。意味ありげな目だったけど、その時はまだその意味がわからなくて……だってまたすぐに奥さん、目を写真の倉橋サンの顔に戻して、

「この人もう三十半ば？　まだ二十代にしか見えないわ。最近の女性って二十五歳も三十五歳もあまり違いがないのね」と言ったり、

「こうやって見てると不思議ね、たった七人なのにもっとたくさんの女がいるみたいに見えるわ。きっと一人の女が二つも三つも顔をもっているのね」

そんなことをひとり言のように呟《つぶや》いていたりしたから。

その後、私が残った二人の説明を始めて、確か私が、「勝気な女性が好きだって弟さんがおっしゃるなら梨恵《りえ》さんの方かもしれません」って言った時だったわ、それまで黙って写真を見ていた奥さんが、不意にその写真で口もとを押さえながら、

クックックッておかしな声で笑いだしたの、そうして写真の端から目だけを覗かせてね、

「私の嘘に気づかなかった？　あなた賢そうだから私の嘘に気づいていながら気づかないふりをして下さってるのかと思ってたわ」

って言いだしたの。

「私が探してるのは弟の相手じゃなくて、主人の相手なの」

って。口じゃなく目で語ったような気がした。化粧をしてないはずなのに不意にその目が黒く色づいたというか、瞳《ひとみ》まで厚化粧したかのように見えた……あまりに突然な目と言葉だったでしょう、私、「でも部長には奥さんがちゃんといらっしゃるわ」って馬鹿《ばか》なことを答えたのを憶えてるわ。

「浮気よ。あの人、もう一年ぐらい前からこの写真の中の誰かと浮気してるの――去年の秋に私の弟が、あの人と女が渋谷の道玄坂《どうげんざか》を歩いているところを偶然見たのよ、女の方はかなり酔ってたらしくて、主人に抱きかかえられてうな垂れてたから顔はわからなかったって言うけど……場所が場所だから弟は危ないと思って気づかれないように後をつけたのね、そうしたらやっぱりその種のホテルへ入っていったって。……弟は私を傷つけたくなくてつい先週まで黙ってたんだけれど……でも私、

さほど驚かなかったのよ、一年ぐらい前から薄々気づいてたの。一度あの人の下着に私より長い髪の毛がからみついてたことあったし……去年の十月頃かしら、日曜日に私、買い物のために一度家を出て忘れ物に気づいてすぐに引き返したの。玄関のドアを開けようとしたら、あの人が電話をかけてる声が聞こえてきたので、そのままドア越しに盗み聞きしたの。ウチの電話、玄関先に置いてあるでしょう？　ドア越しでもかなりはっきりと聞こえるから、簡単にわかったわ、特別な関係にある女と喋ってることは……私が十三年間で一度も聞いたことがない声だった。十五、六歳の少年みたいな声……」

証拠はその三つだけだけれど、間違いないことはカンでわかるって。信じられなくて、私、奥さんの話聞きながら何度も首をふった――だってマミも知ってるとおり、部長はあんなに女たちにモテるのに家庭一筋で、そんな噂聞いたことないもの、マミだって『誘惑したいけど、ああいうタイプは絶対落ちないから諦《あきら》めてるの』って言ってたじゃない。

「何かの間違いじゃありません？」

って私言ってみた。

「そういう話が本当にあるなら、女が七人もいる職場ですもの、いくら隠そうとしても些細《ささい》なことから誰かが嗅《か》ぎつけて噂になるはずですもの」

「そういう噂は全然？」

「ええ……それに今お聞きした話だけでは部長の浮気相手が企画部の女性だと決められないはずですが……仕事柄《しごとがら》、他にも部長はたくさんの女性を知ってるはずですし」

奥さんは首をふって、テーブルを指で二度ノックするみたいに叩いてね、「去年の秋に盗み聞きした電話で、あの人こう言ってたの。『明日の晩いつものホテルへ行けるなら、午前中に書類でももってくるふりで俺《おれ》のデスクに来て、二度デスクの端を指で叩いてくれ』って……」だから間違いないのよって、ため息みたいなかすかな声で呟いて、少し淋しそうな微笑で写真を見てた。

「だったら私のことも疑ってらっしゃるんですか」

って訊くと、奥さん優しい微笑になって首をふったわ。

「あなたとそれからこの森口さんとは除外できるわ。だって私より髪が短いですもの……それにあなたのことは信じてるの、私自分の目は信じていないけれど、子供の目は信じてるの。昨日あの子たちあなたにあんなに懐《なつ》いてたけど本当は顔見知りがひどくて、大人たちがわざとらしく作った猫撫《ねこな》で声なんかにはむしろはっきりと嫌《いや》な顔するの。それにあなたと白井の間に何かあるなら、昨日私の前で二人ともあんなに自然に振る舞えるはずないでしょう？　昨日お会いして一時間後には、私、あなたを除外してたのよ。そうしてあなたに頼もうと決心したの」

「頼むって何をでしょう？」

「――森口さんも除外するとして、残る五人の中の誰が主人の相手なのかを」

「つきとめるんですか……」

　って私の方から訊くと、奥さん手をふって笑ったわ。

「そんな大袈裟《おおげさ》なことじゃないの。それなら探偵社に頼むから……ただ今までよりもちょっと注意して五人を観察してちょっとしたことをしてくれればいいの。何かあれば必ず出てくるはずだから。たとえば今度の日曜日あの人ゴルフに行くと言ってるけど、私どうも相手の女と逢《あ》いそうな気がするのよ。だからその日に家を留守にする人がいないか、さり気なく聞きだしてもらうとか……今でも二人は指で机を叩くのを合図にしてるかもしれないから、五人のうちの誰かが主人の机に近づくたびに何気なくその手の動きを見ていてもらうとか。――もちろんあなたが見つけて下さったとしても、あなたのことは絶対に主人には言わないから、その点は安心してもらっていいけど」

そう言って、相手の気持ちまでも包みこむような微笑を見せるから、さすがに私もためらうものがあって即答はできなかったけれど結局最後にはその微笑に包みこまれてしまって……さっき一瞬見た厚化粧の瞳がまだ顔の隅にちらついていたから、この微笑をそう簡単に信じてはいけない、さっき、一人の女が二つも三つも顔をもっていると言ったけど、それは自分のことだったのかもしれない、この素顔の微笑の裏に厚化粧の女の顔や私がまだ気づいていないもっと怖い女の顔が潜んでいるのかもしれないとは感じたし、事実そのカンは当たったのだけれど……その時はその微笑の優しさを信じるより他なかったのよ。

それに私、面白がってもいたしね、結局奥さんがあんな事件を起こしてしまった以上、私としては興味本位で肯《うなず》いただけだなどと言ったらヒンシュクを買うだろうけど……ホント、仕方がなかったのよ、まさかまだ奥さんが大きな嘘ついてるなんてその段階では想像できなかったから……

今になってみれば滑稽《こっけい》としか言い様のないその探偵役を、私、早速翌日から必死になってやったわ。

奥さんは年齢から見ても倉橋サンが一番怪しいって言ってたし、私も彼女を一番にマークしたわ。本命の二重丸ね……だって自分で得意気に不倫してるって言いふらしてるけど、相手の男のことを誰一人知らないわけでしょ……あの人なら片方では不倫の相手のこと徹底的に秘密にしておきながら、もう一方では不倫してることはチラチラ匂《にお》わせるようなイヤミなことしそうじゃない。

それに部長って男としてはブランド品でしょ、容姿も仕事も性格も——ブランド商品は自分の物にしないと気が済まない倉橋サンなら、いかにも狙《ねら》いそうなタイプだもの。悪いけど、マミ——私、倉橋サンの次にはマミのことマークしてた。

だって奥さんから詳しく聞くと、部長今までにも二回浮気したことがあって、二回とも女の方から積極的に出て部長を押し倒したというから……その意味ではマミが一番の有力候補だったのよ。部長もむしろそういうタイプの女性に惹かれるみたいだって奥さん言ったし、私第三者として冷静に判断して、マークしている五人のうちでは部長、一番マミのこと気に入ってるみたいに見えるから……

あの翌日は確か四月一日だったわ、私が「今度の日曜日あたりが桜も満開だというから、みんなで花見やりません？」って言いだしたの憶えてない？　「エイプリルフールなの、それ？」ってマミ、まぜっ返したじゃない……

奥さんから聞いたとおり、部長が「ゴルフの先約があるから俺はムリだ」って最初に下りて、女たちはほとんどみんな「どうしようかなあ」ってグズって……マミだけだったわね、即《ソク》、「賛成！」って手を挙げてくれたの。

もっともあの日曜日のことは、結局何の意味もなかったけど。部長は本当にゴルフに出かけただけだったんだから。日曜の朝、私のマンションに奥さんから電話がかかってきて、

「間違いなくゴルフだったわ。今いつものゴルフ仲間が車で迎えに来て出かけたから」

って言われた時はちょっとガッカリしたわね、花見の一件、女性陣は、「当日になって気が向いたら行く」という人がほとんどだったでしょ、私、誰が来て誰が来ないかしっかりマークして奥さんに連絡するつもりだったから……

そう、探偵気どりだった、私。一応花見には女が五人集まったでしょ、私さり気なく部長の名前を出して他の四人の反応うかがったの。

マミみたいにあっけらかんと「ああいうタイプ大好き！」って叫ぶのは却《かえ》ってシロだと思えるんだけど、他の三人はみんな〝灰色〟に見えた、シマムラが遠慮がちに「それは好きか嫌いかって言われたら、好きですけど」って目を伏せたのも、日頃ハキハキしてる梨恵さんが口ごもって、「私、部長のことはあくまで上司としてしか見たことないから……男として見たことないから」って言ったのも、倉橋サン

がわざとらしく、「部長なんか全然興味ないわ」って冷たい声出したのも、みんなそれぞれ疑惑の糸で部長と結びつけられそうに思えて……ウーン……でもやっぱり倉橋サンのあの素っ気ない言い方が、逆に一番……クロっぽかったわね。

次の一週間も私、会社の中でそれとなく監視し続けたんだけど……倉橋サンと部長って年齢が一番近いのに一番距離をおいてる感じでしょ？　注意して見てるとあの二人、会社の中では、仕事以外のことといっさい何も喋らないのね……仕事のこと喋ってる時でも視線をわざと逸《そ》らし合ってるように見えるし……

こういう二人の方が逆に会社の外で結びついててもおかしくないいんじゃないかって思えたけど……確かな証拠は摑《つか》めないまま、週末に奥さんと電話で喋った時、一応、

「私も倉橋サンが一番怪しいと思うんですが、まだはっきりと断言はできません」

って報告したの。

「そう……」

って奥さん、残念そうに言って長い時間何かを考えるように沈黙してから、

「まあ、そう慌てることはないわ。そのうちチャンスが出てくると思うから……しばらくこの前お願いしたように、ちょっと注意して主人や女性たちを見てて下さ

る?」

　そう言った。

「ええ」って肯いてから、私、今奥さんが使ったチャンスっていう言葉が気になったので、

「奥さん……部長が浮気してるのを何か楽しんでらっしゃるみたいだわ」

　って冗談めかした軽い声で尋ねてみたの。

「……別に楽しんでるわけじゃないけど」

　かすかに笑い声を混ぜた声が返ってきたわ。

「私この前からずっと奥さんに一つ訊《き》きたいことがあるんですけど構いません?もしはっきりとした証拠が見つかって部長の浮気相手が判明したら、その時、奥さんどうなさるつもりなんですか」

「——離婚するわ」

　一瞬返答をためらうような沈黙があったけど、次の瞬間にはこちらがびっくりするほど確かな声でそう言った……

「今度の浮気のことだけじゃなく、私、もう主人のこと一かけらも愛することできなくなっているの。ただ子供がいるし、夫婦って何か大きなきっかけがないとなか

なか離婚に踏みきれないものなのよ、今度の浮気のことはそのきっかけね……確実な証拠が出てきたら、それを突きつけて、さっさと別れるわ」

乾いた声が冗談を言っているようにも聞こえたので、「本気ですか？」って私、訊いてみた……

「本気よ。二度目の浮気の時、既に真剣に離婚を考えたわ、でもあの時は二人目の子供を妊娠していることがわかって、主人ももう二度と浮気はしないって誓ってくれたし、事実それから一年近くは家庭を大事にしてくれたから何とか続いたけれど、でもあの反省も一時的なものだったのよ」

今度の浮気のことでは自分でも驚くほど気持ちは冷めている、確証を握って、この浮気を理由に離婚に踏みきり、せめて慰謝料としてこの家をもらいたいとぐらいにしか考えていない、って言うのよ。「じゃあたとえば、部長が離婚した後、今の浮気相手と再婚することになっても奥さんは構わないんですか」って訊くと、

「本当にそういう人がいるなら今でもすぐどうぞって気持ちだわ」

って言うの。

紙のように乾ききった声の全部を信じるわけにはいかなかったわ、本当は普通の女以上に気が強くプライドも高いのに、それを優しい微笑の裏に隠している人だと

いうことはわかりかけてきてたから、その言葉の裏にもまだ何かを隠しているって気がしたけれど、私はまだ結婚生活を知らないもの、「夫婦って十三年も経《た》てばそんなものよ」と言われれば反論するわけにもいかなくて、「わかりました、じゃあもうしばらく様子を見てみます」と答える他なかった。

次の週、〝チャンス〟を摑んだのはまず奥さんだったわ。

火曜か水曜だったかに私が会社に出かけようとしているところへ電話をかけてきて、

「昼休みにまたこの前のホテルへ来て下さらない？」

って言うの。それで私が昼休みに出かけていくと、奥さん、すぐにバッグをあけて、人目を憚《はばか》るようにそっとそれを私に渡したの。それって、ご主人の下着――

「あなた香水に詳しいでしょ、それ何の香水かわからない？　私香水のことは全然知らないから」

そう言われて、ちょっと困ったけど鼻を下着にあててみたの。

「クレージュです、間違いないと思うけど」って答えて……次の質問は聞く前にわかったから「ウチでクレージュ使ってるのは二人だけです」って私の方からそう言ってた。

二人ってもちろんマミと、ミユキさん——そう叶美幸《かのう》。この段階で私、マミをはっきりと容疑の対象から外したわ。だって奥さん、部長の下着に香水がついたのは前日の晩に間違いないって言うんだけど、その晩はマミ、私と一緒に映画見て夜遅くまで飲んでたんですもの……

マミの代わりに突如、浮上してきたのがミユキよ。ミユキはこの夏に結婚が決まってるからそれまで何となく除外していたのだけど、考えてみれば婚約してる女が不倫をしちゃいけないっていう法はないものね。香水と汗の匂いがいり混ざって、私その匂いにベッドの上で部長の体ともつれ合っているミユキの体、想像していた……男性社員が陰で、東南アジアの女性よりいいラインだって噂してる体を。

こう言っては失礼だけど、ミユキって美人顔とはとても言えないわよね、あの体で婚約者を射とめたんだろうって、いいえ私じゃないわ、男たちがそう言ってるの聞いたことあるから。

と言ってもそう簡単にその香水だけでミユキが問題の女だと結論するわけにはいかなかったわ。何種類も香水をもってる女は多いし、他の女たちの誰かが夜だけクレージュを使っててもおかしくないし……たとえば倉橋サンなんか、「私は体臭勝負だから香水なんて使わないの」って得意がってるけど、情事の時にいかにも自分の体を香水で演出しそうなタイプでしょ。

「ともかく、ミユキさんのこともこれからは注意して監視します」

って奥さんに言ったわけだけど、それから二、三日後、今度は突然、シマムラの容疑が色濃くなってきたの……

あの晩、マミは確かいなかったけど、私、男性社員二人とミユキと、四人で渋谷へ飲みに行ったの。ミユキの言動をさり気なく観察してた時、山下《やました》君が突然、「そう言や、この店、生田《いくた》の歓送会の後でも皆で寄ったよな。あの時シマムラが酔い潰《つぶ》れちゃって大変だったよ」って言いだしたの。去年の秋……そう、十月頃、生田君がニューヨークに行くことになって企画部全員で渋谷の中華料理店で歓送会やったでしょ？　私とマミは二次会にはつき合わなかったけど、その後みんなでその店で二次会をやったんですって。ええ、部長も一緒に……

去年の秋、十月頃、渋谷。

奥さんからその三つの言葉を聞いた時、何故すぐに歓送会のことを思いだせなかったのか、自分でも不思議だった。もっとも私たちは、二次会でシマムラが泥酔《でいすい》した話も、部長が、「大丈夫だ、俺が送っていくから」って言ったという話も知らなかったから仕方がなかったんだけどね。

そうなのよ、二次会の途中で部長、シマムラを抱きかかえるようにして……二人だけで店を出ていったんだって。

おまけにミユキがね、「でもあの時シマムラさんってオーバーに酔ったふりしてただけよ。あの娘《こ》少しブリっ子でしょ、本当はお酒強いのに、ああやって可愛《かわい》く見せてただけよ」なんて意地悪く言うからね、私、それから間もなくに奥さんと連絡とって、

「弟さんが道玄坂裏手のホテルへ二人が入っていくのを見たのは、正確には何月何日なのかわかりませんか。もしかしたら十月二十一日じゃないかと思うんですけど」

って訊いて、奥さんもすぐに弟さんと連絡をとって訊いてみてくれたの。

いいえ、弟さんははっきりと憶えてなくて、「よく考えると、むしろ十一月に入ってからだって気がする」って宜《い》い加減なこと言ってるらしいんだけど、私にはこれでほぼ間違いないとさえ思えた。突如、シマムラが二重丸になったってね……

そうなのよ、マミ。いろいろなことがわかってきて、少しずつでも容疑を一人に絞りこんでいければいいのに、その逆でしょ、日が経つにつれて、二重丸の容疑者が増えていくんですもの。その上に……その上によ、マミ、香水の件で私、あんた

のこと除外したのに、あんたが再び二重丸として浮上してきたんですもの。

そうなの、ゴールデンウィークに入って最初の祝日の……二十九日。昼過ぎに奥さんからまた突然電話がかかってきて、「今、主人がどこかへ電話をかけたあと急に仕事のことで用ができたって出ていったけど、私、絶対に仕事なんかじゃないと思う」って言うの。

詳しく聞くと確かに変なのね、だって今進んでるミラノの会社との契約がこじれだしたって部長言ったらしいんだけど、そんな契約の話、それ以前にも以後にも聞いたことないでしょ。

「野木さん、悪いけど一時間ほどして……いいえ二時間後ぐらいの方がいいわ、他の女性社員に電話入れて誰が留守か調べてみてもらえないかしら」

奥さんにそう頼まれて、私『ニューヨークに行った生田さんの電話番号を知らないか』っていう適当な口実で、次々に電話入れたの。

みんなゴールデンウィークは後半に賭《か》けてたみたいで、ほとんど全部がウチにいたわ。マミ……あんた一人を除いて。そう、もちろんそれが確かな証拠だと言えないことはわかってたわ。部長がその女の部屋へ逢いに行った可能性もあったわけだから。私たち七人のうち六人がマンションの一人暮らしなんだし……

ごめんね、もちろん今は信じてるわよ、でもその時は、正直に言うとマミもやっぱり二重丸消せないって思った。さらに……さらによ、その結果を電話で奥さんに報告すると、奥さん、また「主人の下着についてた髪の毛、もしかしたら、鬘《かつら》じゃなかったかと思うの。昨日デパートへ行って、偶然鬘の売り場通って、ふとそう思ったの。いいえあの時も何か艶《つや》も手ざわりも人工的だって感じたんだけど、あなたに話す時にはそのこと忘れてしまっていて、それを昨日デパートで思いだしたの」

売り場で人造の毛の方をいろいろ触らせてもらったけどどうも間違いない気がするって、そんなこと言いだすんだもの。

それ聞いて、マミは思いださない？　私はすぐに思いだした、一昨年《おととし》の夏だったかしら、森口令子が取引先の開いたパーティに長い髪の鬘かぶってきて、みんなをアッと言わせたの。しかもあのパーティでね、私奥さんの言葉聞いてはっきりと思いだしたんだけど、森口はこう言ってたのよ。

『これ、ベッド用なのよ、今つき合ってる彼がこの手触りが堪《たま》らないって言うから』

って――

私冗談だと思って聞き流したから忘れてしまっていたけれど、あれがもし冗談じゃなかったとしたら……って、そう考えたら、これまでショート・カットだからと思って容疑の対象から外していた森口が、却って一番怪しく思えてきて……さらに……そう、さらによ、これは後でもっと詳しく話すことになるけど、ゴールデンウィークが明けてから、私、いつも部長が女と逢うのに丸の内のホテルを使っていることをつきとめたの。一泊二万円はする……

わかるでしょ、マミ。こういうことよ、相手の女がマンションで一人で暮らしているのなら、いつもそんな高いホテルを使わないで、ごく自然にマンションでっていうことになるんじゃないかしら。それができない女性、つまり、家族と同居して不倫相手とホテルに行く他ない女性はさっきも言ったようにただ一人だけ……そう、梨恵さんだわ。

一人に絞るどころか、逆にどんどん二重丸の本命が増えていくの。一つ一つの証拠が一人一人別々の容疑者をさし示しているとしか思えなくて……

容疑者なんていう言い方は失礼だけど、でも、結局あんな事件……先週、あんな事件が起こっちゃったわけでしょ、部長はホテルの部屋でその女にナイフで刺されたのよ、血が流れたのよ、部長は「自分の不注意だ」って誤魔化そうとしたけど、結局警察が介入して……だからこれは犯罪なんだし、企画部の女たちは全員、ただの浮気の相手じゃなく殺人未遂犯として疑われてるのよ。その意味では、私も私以外の六人の女性を容疑者と呼んで構わないでしょ。

えっ？　私が私を疑ってなかったのかって、……どういうこと、マミ。私が嘘を言ってるって？……マミ、あなたそう思うのね、私が今までにもう大きな嘘をついてるって……マミ……そうよ、そのとおりよ……私、今まで話してきた中で大きな嘘ついてる……

でもね、マミ……

私、あんたがその嘘に気づくことはわかってたし、あんたを騙《だま》すつもりは最初からなかったわ。ただ話の手順として、私が自分のことも疑ってたってことはもう少し先に回した方がいいと思ってただけ……心配しないでもうちょっと待ってて。もうすぐ私、その嘘、白状するから——それより話を戻すけど、香水がミユキを、髪の毛が森口令子を、道玄坂の一件がシマムラを、四月二十九日の留守の件がマミを、それからホテルを使っていたことが梨恵さんを、となると私、混乱するばっかりでね……たった一人倉橋サンには、その段階ではまだ具体的な証拠らしきものは何もなかったけれど、心証というか、カンとしては奥さんも私も最有力容疑者だと考えていたわけだし……こうも容疑者ばかりとなると、私、部長の浮気の相手は、一人じゃなく、もしかしたら複数じゃないかって気がしてきたの。もしかしたら全員と部長は浮気してるんじゃないかって……その可能性だってないわけじゃないって……

いいえ、奥さんにはそんな可能性について何も告げなかったし、奥さんは絶対に〝一人の女〟だと信じているとしか思えなかったけど……過去の浮気は二回と言っても、それは奥さんにバレたものだけでしょう、部長が見かけとは違って相当なプレーボーイなら、そういうことも考えられるって……

でもそれはそれとして……話が前後するけど、四月の初めから私、部長が時々かける電話が気になってたの。週に一、二回のごく短い電話でね、「ああ、白井だけど、またお願いするよ」と一言そう言って、最後に「じゃあ」とだけ言ってすぐに切るの。いいえ、以前からその電話のことは知ってた、小声だからマミのデスクにまでは聞こえなかったと思うけど、私、部長から一番近い席でしょ……前々から何だろうとは思ってたけど、それが奥さんから探偵役頼まれて意味をもってきたわけ……ホテルの予約の電話じゃないかって思ったの。いつも使っていて顔馴染《かおなじ》みになってるホテルの……

私のカン、当たったわ。ゴールデンウィークが明けた五月六日の朝、いつもの言葉でその電話かけた部長が、不意に受話器に向かって、「おい、どういうことなんだ。団体が入ってるから今日は無理だって言うのは。フロント・マネージャーを呼んでくれれば、直接に話す」って言ったから、もう間違いないと思った。

マネージャーと巧く話がついたらしくて、「無理を言って悪いが、お願いするよ」って言うのを聞いて、私、夕方までに奥さんと連絡をとってその日、部長を尾行したの。

尾行？　そうね、素人《しろうと》探偵には難しくもあったし、……意外に簡単な感じもした。あの日部長は残業で会社を出たのが七時過ぎだったから、それまでの二時間、会社の前の喫茶店で待ってるのは大変だったけど、尾行自体はあっけないほど簡単だった。会社を出るとすぐに地下鉄に乗ってくれたし、東京駅で下りて二分ぐらい歩いただけで、そのホテルに入ってくれたから。

ホテルの外から、部長がフロントの男と二言三言言葉を交わしてエレベーターに乗るのを見届けると、私、中に入ってフロントの男に、「今の客のことで訊きたいことがあるんですけど」って言ったんだけど、「客のプライバシーに関《かか》わることはいっさい答えられない」って冷たい返事なの。ただ、その大学出たばっかりみたいな青くさい感じのするフロントの青年の顔をどっかで見たことがある気がしてね、それが後で役に立ったわ。

ただその日は結局女が誰かを突きとめられなかった……ロビーの隅で顔隠して三十分近く問題の女が現れるのを待ってたけど、女が先に部屋に入って部長を待ってた可能性も大きいわけでしょ、諦めて帰っちゃった。やっぱり素人探偵には無理なのよ。

部長はその後も週に二回ずつぐらいの割合で、ホテルに予約の電話を入れるの、私、仕事が楽な時期だったでしょ、時間はあったから先回りしてロビーの隅で部長が来るのを待ってたけど、ロビーで見張るのって結構難しいのよ、夕方から夜にかけての二、三時間って、ホテルもラッシュアワーね、宴会客やら団体客やらで絶えず人が流れてるから、部長が入ってくるのだって見落としたことがあるぐらいだもの、それから二週間のうちに五度そのホテルのロビーで素人探偵やって、部長が入ってきてフロントで鍵《かぎ》を受けとるのも三度見たんだけど、女の方は全然……だって、混雑にまぎれこめば誰にも見つからずにロビーを横切ってエレベーターに乗ることぐらい簡単にできるの……わかったのはそれだけ……

私、むしろ部長がホテルを予約する日の社内の女たちの動きに注意した方がいい、特にその日部長のデスクに近づいて例のノックの合図をする女がいないかを見張っていた方がいいと考えて、細かく目を動かしてたんだけど、その方も成果があがらないまま——あれは五月の二十日だった。

あの日はそれまで私の目には見えずに隠れていたいろんなことが一度に全部形となって目に見えてきた感じだった。三つのことがあの日一日のうちに起こってるの……まずその二、三日前、私、偶然大学時代の友達と電話で喋ってる時にね、さっき言った見憶えのあるフロントの青年が、その友達の友達の弟だということを思いだしたの。ええ、一度だけ何年か前に会ったことがあってね……それで友達を動かして、改めて彼を紹介してもらって、その二十日の前日、ホテルの近くの喫茶店で会って話を聞いたの。いいえ、その時には大したことはわからなかった、部長が去年の夏頃から週に一回ずつそのホテルを利用していることや最近その回数が増えてきたことぐらい……宿泊することはめったになくて大概は遅くても零時を回る頃にはチェックアウトする、いつもダブルベッドの部屋だからラヴホテル代わりに利用してるのはほぼ間違いないが、相手の女はフロントを通さずに直接部屋に行っているらしく、どんな女なのかはわからない……

「でもフロントを通さずにっていうと、その女はどうやって男の入った部屋を知るわけ？　いつも同じ部屋ではないわけでしょう」

「それはたぶん、男が部屋に入ってからどこかで待機してる女に電話を入れてルームナンバーを教えるんですよ」

って、サンドイッチまでおごらされてわかったのはその程度のことだったの、でも翌日の二十日――

その日も部長がホテルに電話予約を入れたので、私、これで何もわからなかったら諦めようって最後のつもりでホテルに行ったの。って言うのも、奥さん、私がそのホテルのこと突きとめた段階で突然変に消極的になって、私が「これからもホテルの監視を続けましょうか」って言うと、「いえ、もうホテルの名前がわかっただけで充分、あなたにそこまでお願いできないし、会社の中でいろいろ注意してて下されば」って遠慮するような言い方……いいえ、むしろ私がホテルを見張るのには反対だって言い方をするから、私も「わかりました」って答えて、その後のホテルのロビーでの監視はほとんどボランティアだったの。仕方ないのよ、その頃には私、もうどんなことがあっても部長の相手の女のことを知りたいって気持ちになっていたから……

でもその二十日の晩、いつものように先回りしてホテルのロビーの隅からこっそりと監視を続けながら、私、ふっと自信を失《な》くした……私は全く意味のないことをしている、私はとんでもない間違いを犯していたのかもしれない……私は永久にその女を見つけることができないだろうって気がしてきたの。こう考えたのよ、その女はもう既に何度もそのホテルに現れているのに私にだけはそれが見えないんじゃないかって……

と言うのも、マミ、話がまた少し前後するけど、その日会社で、部長がホテルに予約の電話を入れたあと、私、とんでもないことに気づいたのよ。そう、私が二重丸をつけ忘れていた女がもう一人、企画部にいることに……

部長が電話を切った後、すぐにその電話が鳴ったの。部長は受話器に向けて「ああ」「ああ」と返事するだけで、私ひどく意味ありげな電話だという気がしたから、書類に判をもらうふりで部長の前に立ったの、電話の相手の声が女か男かぐらいはわかるかもしれないと思って……部長は電話をかけながら空いた手で判を押してたんだけど、その途中で、「君、それやめてくれないか」って言ったの。

突然だったから私、もちろん電話の相手に向けて言ったのだと思ったんだけれど、電話を切った後、部長が「君だよ、君のその癖だよ」って言って……やっとわかったのは部長の視線を追って自分の手を見てからだった。部長が何のことを言ったのかはわかったけど、すぐには信じられなかったわ……部長の机の端をノックするように叩いているのが自分の指だなんて……

「前々から注意しようと思ってたんだ、何かの合図みたいにそうやって叩く癖……」

その声がひどく遠い声のような気がした。そうだったのよ、マミ、私、自分のその癖にもっと早く気づいて自分にも二重丸をつけるべきだったのよ……あんたがさっき言ったみたいに、私は誰より先に私を疑うべきだったの……いいえ、部長はその時別に怒っているという感じではなかった、冗談半分の笑顔だった。そう……会社では一度も見せたことがない、私が自分の部屋のベッドの上でしか知らない、あの端正な顔だちを壊すような不真面目《ふまじめ》な笑顔だった……

だから五月二十日のその時刻、ロビーの片隅で部長が来るのを待ちながら、もしかしたら私は、私を探していただけなのかもしれないと考えていたの。私は確かに部長の浮気相手だったのだから……でも誤解しないでね、あくまで〝だった〟という過去形よ。去年の三月頃から夏の始まる少し前まで、一つの季節通りすぎただけの短い関係だった。私って鈍いところあるでしょ、火がついてから燃えだすまでにずいぶん時間がかかるから、むこうが二、三回私の部屋のベッドに上がって私に飽きてしまった頃になっても、まだ完全には燃え始めてなくて、なんか序章だけの恋愛小説みたいだった。本当に燃えだしたのは、部長が、「おたがいに仕事での関係を大事にするために別れよう」と言って、私が素直に肯いて、二人だけで逢うのはやめる約束してからだったのかもしれない……

ごめんね、あの頃騙してたことは謝っておく。マミが「部長となら一度ぐらい遊んでみたい」と言った時、私、「やめなさいよ、部長なんてきっと退屈よ」って反対したりしたからね、でも奥さんやマミを騙してた代償はちゃんと支払わされたわ、どうこう言ったって私、面倒になって棄てられただけだから……別れてからずっと辛《つら》かった、完全に背を向けた男を気持ちだけで必死に追いかけてて……でもいつまでも一人で無意味に走っていても仕方がないでしょ、それで私、今年に入って三月末に遊園地に行ったの。

マミは気づいてたんでしょ、私があの日曜日遊園地に行って部長に会ったのが偶然ではないこと——あの二、三日前私、部長がトイレで男性社員に「今度の日曜は家庭サービスで読売ランドだよ」と言ってるのを、偶然廊下を通りすぎようとして立ち聞きしてしまったのよ。

でも最初に話した、私が遊園地へひとりで行った時の気持ちは決して嘘じゃないわ、私、部長が奥さんや子供と幸福そうにしてる姿を見れば、追いかけようという気持ちは袋小路に突き当たると思ったの。そう、そこまで残酷に自分を傷《いた》めつければ諦める決心がついて、他の男と結婚するなり、仕事に生きるなりの別の生き方が見つけられると思ったの……そして部長が私を見つけてくれて、そのとおりになったの……ただし、とんだおマケつきでね。

奥さんから「主人の浮気の相手を探してほしい」と頼まれた時、私は奥さんが部長と私との関係を知っていて、それが今も続いていると思いこんで、嫌《いや》がらせか仕返しのつもりで意地悪く「私に私を探せ」と難題をふっかけてきたのかとも思った……確かにその可能性もあると考えたわ。でも道玄坂の酔った女は絶対に私ではないし、長い髪の毛も部長のデスクをノックするのも私ではないはずだったから、私は奥さんが私と部長のことは何も知らず、ただ私を信じて調査を頼んできたんだと判断したの。その女との関係は去年の夏頃からだって言うでしょ、私、部長が意外なプレーボーイだということは、私の体で知ってたもの、私を棄てた後別の女に走ったことは充分すぎるほどあり得ることだから、奥さんの話のどこかに嘘を感じながらもその話を信じてもいいと思って、私は私なりにその女が誰なのかを知りたいと思って必死に探し続けたわけ……でも……その五月二十日、部長の机をノックしていたのが私の手だと知って、私は自信を失くしたのよ、その女は本当にいるのだろうか、私はただ私を探してただけじゃないのか……って。

奥さんはやっぱり私と部長の関係を知っていて嫌がらせのつもりで……いいえ、奥さんにそんな悪意はなかったのかもしれない、私と部長の関係を疑っていて、私を試すつもりであんな役を引き受けさせたのかもしれないって。だからいくら待ってもそんな女が登場するはずはないって。……だってその〝女〟は〝私〟としてもうそのホテルに登場していたのだから……

いいえ、なかなかその女が顔も姿も見せないので苛立《いらだ》って、一時的な混乱におちいってしまっただけ。その日は七時頃に部長、現れていつものようにフロントで鍵を受けとるとエレベーターの中に消えていったんだけど、その時にはもう現実をとり戻してた。私の探してる女が私であるはずなんか絶対にないのよ、だって部長は週二回そのホテルの部屋でその女を抱いてるのだけど、それは私ではないもの、私はただロビーの隅で見張っていただけだもの――

どういうこと？　マミ、そのことまでも私の嘘かもしれないって言うの。私はロビーで待ってたんじゃなくて、本当は部長と一緒に部屋にいたって言いたいの？　奥さんからの依頼を逆手にとって、部長とヨリを戻し奥さんには嘘の報告を続けていたって言うの？

それはないわ、絶対にない——その証拠に、それから三十分後、とうとうその女が現れたんだから……

その日もフロントに私の知ってる青年はいたんだけど、部長がエレベーターに乗った後十五分ぐらいしてフロントにかかってきた電話に彼が出たの。その後、私にちょっと合図を送って、私のところへ来て、「もうすぐ来ますよ、問題の女が」って耳打ちしたの。今の電話、女の声で『白井さんがそちらに泊ってるはずだけど、何号室か教えてほしい』って訊いてきたって言うの……その晩もロビーは混雑していたのだけど、私、雑誌に顔を隠しながら、玄関の回転扉《かいてんとびら》に視線を縛りつけた。そうして十五分後……やっと私の知っている顔が回転扉に浮かんで、ガラスに映った夜の光を装身具みたいにきらめかせながら、ロビーへと流れこむみたいに……

サングラスをしてたけど、誰なのかすぐにわかった。マミ、愛人の匂いってわかる？　色つきの、意味のない余白みたいな……巧く言えないけどそういう匂い。色のついている空白っていうか……短い間だけど私もそういう女やってたから嗅覚《きゅうかく》みたいなものでわかるの。今まで一度だってそういう匂い感じさせたことなんかなかったのに、ホテルのロビーに登場した瞬間、彼女の全部が〝愛人〟だったわ……でもそれは一瞬のことよ。次の瞬間にはさり気ない足どりで混雑したロビーを横切ると、エレベーターの扉に消えていった。

私、ぼんやりとその背を見送りながら、そう言えば私、この女《ひと》の名前を知らないと思ってた、一度も聞いたことがなくて、私、漠然《ばくぜん》と〝部長の奥さん〟というのをその女の名前のように思ってた……

事件はそれからちょうど半月後に起こったことになるわね。

夜の十時半頃、奥さんから突然電話がかかってきて、「今、例のホテルの支配人から電話があって、主人がナイフで刺されたって」そう言ったの。突然というのはあの五月二十日の二、三日後、私馬鹿馬鹿しくなって奥さんに電話して、本当の事情は話さずに、ただ仕事が忙しくなったから探偵役はやめさせてほしいって頼んでね、奥さんさすがにちょっと不思議そうにしてたけど、「わかったわ、浮気が確実だとわかっただけでも収穫だったのだし」って嫌味なほど丁寧に礼を言われて、それ以来連絡がとだえてたからよ。

だって馬鹿馬鹿しいじゃない、本当に……あの夫婦が何故ホテルなんか使ってるのかわからない、新鮮さや刺激求めて夫婦がホテルの部屋利用するってのはよく聞くし、その程度のことだって思ったのね、夫が愛人のように妻を抱きたかったのかもしれないし、妻が愛人のように夫に抱かれたかったのかもしれない……私は言ってみればその刺激剤みたいなもんだったんじゃないかって。あの夫婦のやってるゲームをより面白くするためのコマの一つだったんじゃないかって。――だってあの後すぐにまた、道玄坂のラヴホテルに部長と一緒に入ったのはシマムラに間違いないとわかったけど、そのホテル、シマムラの伯母さんが経営してて酔いつぶれたシマムラは自宅まで帰れそうになかったので部長にそこまで送ってもらっただけだったの。

そう、あの後すぐ私、シマムラに直接問いただしてみたんだけど、そうしたらシマムラあっさりとそう答えた。私、奥さんはそのこと知ってたと思ったし、弟さんが見たという話も嘘だったと思った。髪の毛やクレージュの香水や、それから指でノックする合図のことも全部奥さんの創作だったと……部長から、企画部の七人の女のことはいろいろと聞いてて知ってたんだと思った、そのいくつかを浮気の証拠であるかのように見せかけただけだと思った……何のためにって？　私への嫌がらせのためによ。やっぱり奥さん、私と部長とのこと知ってて、それが終わったことも知ってて、私に謎《なぞ》の女を追わせて私困らせて楽しんでたんじゃないかって……その謎の女が奥さん自身だと私が気づいた時、私がさぞかし傷つくだろうと思って……しかもそれを自分たち夫婦が楽しんでるゲームのコマにもしていたんだって。事実私、私の探してた女が奥さんだとわかって、ホテルのベッドで部長と遊んでるのが奥さんだとわかって、充分傷ついたし、ヒガミからそんな風にも考えてたんだけど……でも、あの晩奥さんから突然電話がかかってきて、部長が刺されたと聞いた時……それから、「今から病院へ駆けつける」と言った奥さんが、二時間後、その病院から電話をかけてきて、こう言った時……

「脇腹《わきばら》をナイフで刺されて、全治一カ月の傷……殺されたかもしれないんだから、幸運だったわけだけど……主人は浴室で滑った不注意の上の怪我《けが》だと言ってるけれど、間違いなく女に刺されたのよ。ホテルの人もそう思ったらしくて一応警察に届けて……警察の人には私、事実を喋った。あなたに夫の浮気相手を見つけてほしいと頼んだことも話したから、警察があなたにも訊問《じんもん》に行くと思うけど、知ってることを全部話してくれて構わないわ。主人はその女を庇《かば》っているようだけど、警察に事実を知ってもらった方がいいの。──私、これを、チャンスだと思ってるのよ、離婚のいい機会だわ」

そう言うのを聞いた時、私、奥さんの芝居は全部このためだったんだと思った……このためって、この事件のためってことよ。

事件のこともう少し詳しく話すわね、マミたちはまだ訊問らしい訊問を受けてないんでしょう？　奥さんが私の名前を教えてしまったからあの翌々日には刑事が二人私のところへ来ていろいろと聞いていった。まるで私が犯人みたいに——でもその時、私の方も詳しく聞けたのよ、事件のこと……

あの晩部長は七時十分前にチェックインして、九時頃にルームサービスで果物を頼んだらしいの、七時十五分頃、廊下を歩いていたメイドがその部屋に女が入っていくのを見てるし……距離が離れてたから女だということぐらいしかわからなかったらしいのだけど、九時に果物を運んだ係員も部屋には間違いなく女と寝た痕跡《こんせき》があったって言ってるそうよ、ダブルベッドが乱れてて、部長の浴衣《ゆかた》も乱れてて、ベッドの上にはピンクのセーターが脱ぎ棄てられてたって言うから。いいえ、その係員は女の姿までは見てないって。浴室で物音がしてたからシャワーでも浴びていたんだろうって……フロントに電話が入ったのはそれからほぼ三十分後。

怪我をしたから医者を呼んでくれって言われて、フロントの人が慌ててその部屋へ駆けつけると、部長はバスタオル一つの裸でベッドに倒れこみ苦しんでた、ベッドも床も血だらけでね、やってきた医者が応急手当をして、救急車を呼んで病院に運んだらしいの。治療が終わって、つき添っていたホテルの人が奥さんに電話を入れたのが十時二十分頃、奥さんが私に電話をかけてくる直前ね……そう……そうなのよ、マミ、九時から一時間二十分経ってるの、それだけの時間があれば奥さんは現場から家まで充分に戻れたと思う。

それにね、警察では事件が起こったのは、部長がフロントに電話を入れた時刻よりもっと前、ほとんどルームサービスが出ていった直後だろうって考えてるの。それからフロントに電話を入れるまで部長は何とか自分で手当てをして血をとめられないかって努力してたみたいね、浴室のタオルが全部血まみれになってたって言うから……その間に女は逃げだしたんだし、その時から部長には自分を刺した女を逃がそうという気持ちがあったんだと思う。

果物の皿についてたナイフが浴室のタイルの床に落ちてて、部長が裸で浴室に入ったスキを狙ったみたい、その時は女の方も裸で、濡《ぬ》れた手でナイフを握ったんじゃないかって——ええ、指紋は採取できなかったらしいから。

部長はその女を庇って、警察には「シャワーを浴びてたんだが、浴槽《よくそう》の排水孔の具合がおかしいので果物ナイフをとってきて、自分で直そうとあれこれやっているうちに、足を滑らせて……一瞬のことで自分でも不思議なんだが……浴槽の底にナイフを握ったまま手をつき、そのナイフめがけて体が倒れこんでいったようだ」と言ったらしいけど、もちろん警察は信じてないわ、そんな言葉。でもその後は何を訊いても口を閉ざして答えないって……それは当然よね、部長としてはその女のことを言うわけにはいかないもの、その女が奥さんだってことも、奥さんとそんな風にしょっちゅうホテルで密会してたなんてことも。

それで問題の晩奥さんから電話がかかってきた時、何故私がすべてはこの事件のためだったと考えたかだけど、——私ね、奥さんは離婚じゃなく〝死〟という形で部長と別れようとしたんだって、そう思ったの。慰謝料じゃなく生命保険と遺産の方を摑もうとしたんだって——つまり、もう大分前から、たぶん部長と私が別れた頃から、部長のことを殺すつもりだったんじゃないかって。

その時のために去年の夏頃から準備してたんじゃないかって。さっき言ったような適当な口実で夫に自分とホテルで密会のように逢うことを勧め、架空の愛人を作りだした、チャンスが来て殺すのに成功した時その架空の女に罪を着せるために。何カ月もかけて用心深く、丁寧に準備を進めたのよ——そして三月末に遊園地で私を見た時、この女をチャンスにしようと考えた。この女を、つまり私を架空の愛人の証人に仕立てあげようって……それに巧《うま》くすればこの馬鹿な女を犯人に仕立てあげることもできるかもしれないって。だってマミもそう考えたわけでしょう、その架空の愛人が私じゃないのかって。警察だって私の言葉を信じないで私のことを疑ってるのかもしれないし……

そこまで丁寧に計画を積み重ねていきながら、……でも最後に奥さん失敗したのよ、夫を殺しきることができなくて……それで今、誰より困ってるのは当の二人よ。共に今さら事実を言えなくて、夫は夫で自分の不注意だったと言って事実を隠し、妻の方は愛人がいたと主張することで事実を隠し……チグハグに必死で事後処理をしてるのよ。そのチグハグがこの十三年の二人の関係だったのね、きっと……

私？　いいえ警察にはまだ全部を話していないわ、ほとんど事実どおりには話したけど二つだけ――私と部長が一時的にしろ関係をもっていたことと、部長と奥さんがホテルで密会していたことはまだ隠してるの。だからマミに全部を話して相談に乗ってもらおうと思ったのよ、あれきり警察は何も言ってこないし、部長はまだ入院中だし、奥さんも何の連絡もしてこないし、警察のその後の動きもわからないけど、私、自分の方から警察に行ってその二つのこと話した方がいいんじゃないかって思うの。マミはどう思う？　私それを隠してるの何だかとても後ろめたくて……

えっ？　その必要はないってどういうこと……えっ？　まさか……あの晩七時十五分に部長の部屋を訪ねていった女は、奥さんじゃないから私の推理は全部崩れてるって。それを何故マミが知ってるのよ。そんな……その女がマミだって言うの？　じゃあマミが部長の？　……マミの方が私をずっと……違う？　あの日会社で残業だったたって言ってたわね、確かにマミ……ええ……ええ……つまりこういうこと？　先に会社を出た部長からマミに電話が入って、「今日が女房の誕生日だってことを忘れてたから会社に置いてあった今年の秋のキャンペーン用のサンプルをもってきてくれ」と頼まれたって……じゃあ、ルームサービスが見たピンクのセーターっていうのがその……ええ、マミも不思議に思ったわけね、部長が何故丸の内のホテルなんかにいるのか。それでマミ、セーター届けてその部屋にどれぐらいいたの？　五分？　たったそれだけ……

ええ、たったそれだけ。部長は自分が何故そんな所にいるのか訊かれるのを嫌がってるみたいだったから、私が気をきかせてすぐに部屋を出たの。そりゃ私だって同じ想像したわ、女が来るのを待ってるんだって……でもね、それを私に見せびらかすようなやり方、何か品がなくて部長らしくないって私にはそう思えたから、部長がホテルの部屋にいたのはもっと別な理由があるんだって考え直した……あんたは棄てられたから部長が信じられなくなってるけど、不倫なんて男も女も五分五分の責任よ。部長を信じられないって言うなら、私はあんたのことだって信じられない。むしろ、私はあんたの考え方と違って、二、三回寝ただけで別れ話出す方が部長らしいきれいなやり方だって思える。あんたなんかそれ以上回数重ねたら、一生引きずりそうだもの。——私、部長のこと信じてるのよ。だから……警察があんたを訪ねた翌日だと思うけど、私のところへ来て、「白井さんが今日やっと口を開いてくれた」と言って白井さんが、あの晩はあなた以外の誰も部屋には来ていない、あれはあくまで自分が不注意から起こした事故だと主張しているが、と言った時、私すぐに部長は本当のことを言ってるだけだと信じた。部長は本当にただ果物ナイフで排水孔を直してて転倒しただけなんだって——

あんたが騒いでる事件なんてなかったのよ、あったのは事故だけ。

私ね、あんたの話をずっと聞いていて、奥さんだって、嘘なんかついてないと思った。あんた、部長のこと今でも好きだから、気持ちのどこかで奥さんのこと悪者にしたがっているのよ。

奥さんがあんたに夫の愛人を見つけてくれと頼んだのは、単純にあんたなら信用がおけそうだと思ったからよ。私、わかる。あんたって、ちょっと馬鹿で人の好《い》いところあるから、こういうタイプが一番裏では危なそうだと思いながら、信用しちゃう。奥さんも同じだったと思う。この女も七人の容疑者の一人だと思いながら、どこか信用しちゃって他の人には頼めないようなことを頼んじゃったのよ、何も知らずにね。

奥さん、本当に去年の夏頃からダンナに変化が出てきてこれはきっと浮気だと疑ってたと思う。それで最終的には弟さんから道玄坂の一件を聞かされて、確証を握ろうと決心して偶然出会ったあんたに探偵役を依頼したの。そうして丸の内のホテルのことがわかると、もうあんたのことは必要なくなったの、後は夫の帰宅時間が変に遅くなる日を狙って現場をとりおさえればいいと思ったから。

五月二十日の晩奥さんは決心してホテルに行った。あんたが愛人の匂いを嗅《か》ぎとったというのは、その晩は奥さん、愛人と対決するために妻ではなく一人の女に戻って着飾っていたからよ。でもホテルの部屋に乗りこんで奥さんが見たものは奥さんが一番想像できなかったものだった……

なぜって必ずその部屋には何かがあると思っていたのに、そこには女の影どころか……何もなかったから。

そう、部長以外の何も……

あんた、愛人のことを無意味に色のついた余白だって言ったわね、でもその部屋にあったのは愛人どころか、余白どころか……もっと意味のないただの空白だったの……そう、空白の時間……

部長は月々何万ものお金を払ってその部屋に流れる空白の時間を買ってたのよ。部長、あんたと別れる頃から疲れてたのね。いいえ、疲れてたからあんたとも別れたのよ。全部に疲れてた。と言っても今の部長にとっての全部って職場と家庭だけでしょ、その二つに疲れ、あんたという愛人から逃げようとしてそれにも疲れ、結局最後に行きついたのがホテルの何もない部屋だったのね。その部屋でぼんやりテレビ見たり、寝転がったり、湯に浸《つか》ったり、飲んだり……つまりは何もない時間を楽しんでたわけよ。何もない、自分とだけつき合える時間をね。今の時代、孤独って一番高価な商品だもの。強《し》いて言うならあんたたちが探してた謎の愛人って、いいえ、部長自身だったのよ――

架空の愛人を作りだしたのも部長自身だったと思う。そんな無駄遣《むだづか》いを奥さんが知ったら激怒するとわかってたから、いざバレた時の予防線を張っておいたの。髪の毛や香水や盗み聞きされる可能性のある電話でそれらしいこと喋ったりして浮気を仄《ほの》めかして、いざという時には「浮気だった」で逃げようと思ってたのね。そう考えた方が自然よ、奥さんが企画部の女たちの特徴を細かく知っていたというより、もともとよく知ってた部長が浮気の証拠に利用したと考えた方が——でも五月二十日、いつものように一人で楽しんでるところに襲撃を受けて、言い逃れできなくなって事実を白状したのね、部長は。案の定奥さん怒ったし、その事実を認めたくなくて浮気の可能性の方に執着した……だってそうよね、プライドの高い人だから、まだ浮気してくれてた方がマシだと考えたみたい、家庭よりホテルの一室での空白の時間の方がいいなんて、妻としての存在を全否定されるようなものだもんね、認めきれずにいるうちに、今度は部長があんな馬鹿げた事故を起こして……奥さんもそれを事件だと思いこみたかったのよ、夫が孤独な時間を楽しんでるなんていう自分たち夫婦の本当の淋しい関係を周囲に知られるより、夫を愛人に刺された哀れな妻の立場の方を選んだのね、警察にもそう主張して……

部長もそれがわかってたから沈黙を守ってたんだけど、守りきれずに警察の人に白状して……私がその話信じたように、警察も信じたの。だって謎の女の物だと思われていたセーターは結局現場に残ったたままだったし、排水孔も本当に詰まってたこともわかったし……と、まあ、あんたの知らないうちに事件と言えないあの事件は解決してたわけ、新聞沙汰《ざた》にはならずに……全部。あと解決してないのはあんたに残った複雑な気持ちと、あの夫婦のややこしい関係だけなんだけれど、あんたの方はともかく、あの夫婦は……何も解決しないまま……今後もずっと続くんだろうね……

顔のない肖像画

旗野康彦《はたのやすひこ》はその狭い画廊の、一番奥まで来て、「あれっ」と声を洩《も》らして顔をしかめた。

昨日までの絵がない――

この展覧会には初日から毎日通っていて、今日で五日目になる。そうも熱心になったのはたった一枚の絵のためだったが、それがなくなっている。

昨日まではそこに少女の肖像画がかかっていた。荻生仙太郎《おぎゅうせんたろう》としてはまだ初期のものらしく、一見は平凡な小品だが、少女の斜めに伏せて足元を見ているような眼《まな》差《ざ》しに、荻生が後年開花させた〝絢爛《けんらん》たる頽廃《たいはい》〟が、かすかに芽吹いているようで他に目ぼしいものの少ないこの展覧会では特に康彦の目を引いた。

いや二度三度と見るうちに、荻生の作品の中でももっともいい物だとさえ思えてきた。未熟なだけに、なまなましく見る者に迫ってくるものがあった。

少女の目は黒かったが、虹《にじ》の七色を混ぜたような華やかな黒であり、同時に足元にありふれた小石のように転がっている死の破片を見ているかのように淋《さび》しくもある……

その絵が、今日は画学生時代のデッサンに変わっている。これぐらいなら美術大生の自分にも描《か》ける。昨日までの絵は誰かに売られていったのだろうか……。これは荻生仙太郎の没後三十年を記念して未亡人が手元に残った遺作ばかりで開いた無料の展覧会であり、皆それぞれに亡夫との思い出を秘めたものばかりだから販売は遠慮させていただきますと、受付にはそう貼《は》り紙《がみ》がしてあるのだが……

他の場所に移されたのだろうかと思って周囲の壁を見ようとした時、

「あのう……」

女の声が肩にかかった。

背後に和服の女が立って、微笑《ほほえ》みかけている。白髪も顔に這《は》った皺《しわ》もかなりの高齢を想像させるが、色の白さやくっきりとした目鼻だちに若いころの美貌《びぼう》を想像させるものが残っていた。初日に来たとき、たぶんこれが未亡人だろうと想像した人物である。旗野康彦は祖母の勧めで絵を習いだした子供のころから荻生仙太郎の名には親しんでいた。祖母が荻生の知り合いで、荻生からもらったという小さな林檎《りんご》の絵が家に飾ってあったし「あれほどの画家はもう二度と出ないよ」という言葉を何度も聞かされたのだった。だが実際に荻生の絵に興味を持ちはじめたのはまだ三年前美術大に入ってからで、未亡人の顔までは知らなかった。それに荻生は終戦後の画壇の復興期に突如現れ、十年後には死とともに消えていった火花のような画家である、十年のうちに精力的に仕事にとりくみ相当数の作品を産みだしたが、そのほとんどを人手に渡すこともなく、死の直前には自分の手でそれらを燃やしてしまったという私生活も作品も幻のような画家である。

その十年の中ごろに発表した『エロス華生』という作品が題材の斬新《ざんしん》さの点で、日本より外国で先に有名になり、その名声が日本に逆輸入された恰好《かっこう》になった、知名度は充分なのだが、癌《がん》で死ぬまでの四十三年の生涯《しょうがい》にはまだ解明されていない点が多い……画集も薄いのが一冊出ているだけである。

「毎日、熱心に『顔のない肖像画』を見て下さってたそうですね。孫から聞きました」

品のいい老女は受付をふりむいて、そう言った。受付にいる若い娘が孫らしい……

自分も孫に近い年齢である、なぜ話しかけられたのか不思議に思いながら、

「あの絵はどうなったんですか」

と訊《き》いた。

「ある方にさしあげることになったもので、外しましたの」

そう言い老女は、あなたのような若い方にも荻生の絵を愛してもらえるのは本当に嬉《うれ》しい、お時間があれば、隣りの喫茶店でお茶でも、と誘ってきた。

「はあ……」ととまどっているうちに、老女はくるりと背を向け、すでに画廊の入り口にむけて歩きだしていた。

隣りの喫茶店でむかい合って座ると老女は、自分は荻生仙太郎の妻の頼子《よりこ》ですと改めて名乗り、康彦が美大の三年生で『夜』という作品を画集で見てからのファンであることを聞きだすと、

「あなたのような若い方の目には荻生はどんな男として映っております?」

と訊いてきた。康彦が正直にかなり破滅的な天才肌の芸術家のイメージですと答えると、未亡人は手を口許《くちもと》に運び、くすっと笑った。

「それが、正反対。皆さん誤解なさってますけど、キャンバスにむかっている時だってとっても明るい、冗談を言って人を笑わせるのが好きな人でしたの。癌だとわかった後も、死ぬまで暗い顔を一度も見せずに……」

老女は皺を波のように顔に広げて笑った。

「死ぬ前に自分の絵の大半を焼いたなんていうのもただの噂《うわさ》なんです。……実は荻

生の絵のほとんどは死ぬ前にある収集家の手に渡って、その人の秘密の部屋にずっと眠ってましたの、今日まで三十年近く……正確には今日までじゃなく来週末までですけれど」

「来週まで？……どういう意味ですか」

「その収集家の方がやっとそれを手放す気になって、来週、オークションで三十二点が売りにだされることになったんです。明日ぐらいからマスコミでも話題にするでしょうね」

「じゃあ、幻の傑作と言われている最後のころの『地平線』も出るのですか……」

思わずそう訊き返した康彦に、老女は微笑で頷《うなず》いた。『地平線』は康彦を初めて荻生の世界の虜《とりこ》にした『夜』と同じ死ぬ前年の作品で、『夜』が黒一色の中に不思議な光を混ぜこんでいるように、大地を暗示する褐色《かっしょく》だけの世界に不思議な空の色を混ぜこんだという、それを実際に当時見た数少ない人たちの間では『エロス華生』以上の傑作と言われている作品である。

荻生仙太郎はその活躍した十年の歴史のなかで二度大きく画風を変えている。初期の風景画や人物画の具象は『エロス華生』の花とも人肌ともつかぬ、具象とも抽象ともつかぬ、生命の華やぎとも死の頽廃ともつかぬ不思議な絵画空間として大きな変貌と開花を遂げ、その画風は、死ぬ二年前ごろにはさらに具象と抽象の区別も超越したような、ほとんど一色だけの、それなのにその一色のなかにすべての色を含んだような独自の境地へと昇華されていくのである……

康彦は改めて、老女の着ている着物を見た。着物のことはよくわからないが、色彩はわかる。暗紫色一色の淋しいほどの着物は、その一色の裏にさまざまな華やいだ色を隠して、そのまま、荻生の絵だった。

いや、それを着ている老女の顔も、枯れた霜のような白さのなかに若いころの華やかさを色のある影として染《し》みつかせ、そのまま荻生の絵である……

「それに『地平線』よりももっと意味のある幻の最高傑作も出ますのよ。私とその収集家の方しか見たことのない……」

「それにしても、そんな美術史にとっては貴重な財宝が誰にも知られることなく、三十年眠り続けてきたのですか」

康彦は信じられない思いで訊きかえした。

「どうして、あなたが……奥さんが、そのことを世間に公表されなかったんですか。あの噂は嘘《うそ》だと……」

「……その収集家の方は偏屈な性格で自分だけの財産にしておくからこそ価値があ

ると言って私に口止めなさったから。その方の手元にあることは秘密にしておくようにと……ところが、その方がどうしようもない事情で手放さなければならなくなりましてね」

老女はそう言ったあと、さりげなく、

「もっとも、私が今日までその事実を隠していたのには、もう一つ理由があるんです」

そうつけ加えた。

「と言いますと？」

その質問を老女が微笑に細めた目で逃げようとした時である。画廊の受付にいた孫だという娘がキャンバス大のような包みを持ってきた。老女はそれを受けとり、

「孫の晃子《あきこ》です、こちらは旗野さんとおっしゃるんですって……」

と紹介した後、その孫娘に向けて、

「加瀬《かせ》さんはまだ入院中でしょう？　それなら思いきって、この方に頼んでみようかと思うのだけれど」

と言い、娘も「ええ、その方が」と頷いた。

その娘が去った後、

「旗野さん、あなた、もちろん、そのオークションをご覧になりたいわね。さっき申しあげた荻生の本当の幻の傑作が見られますし」

そう言われ、康彦は大きく頷いた。

「それなら、そのオークションに私の代わりに出ていただけません？　そうしてある絵を競《せ》り落としていただきたいんです」

康彦はさすがに驚いた。見知らぬ他人に頼むことではない。その驚きに当然だというように頷いて、

「実はその収集狂の方がさっきも申しあげたように大変偏屈で、オークションには荻生の遺族は誰一人入れてはならないと言っているんですの……正確には私とその血縁という意味ですが」

困ったというように細い眉《まゆ》を折った。

「どういう理由で……ですか」

「その収集家の方は私を憎んでいますの……あなた、荻生が私の前に結婚していた女性のことをご存じ」

「いや……」

考えてみると荻生の私生活については本当に何も知らない。荻生と祖母がどんな

知り合いだったのかさえ。

「その奥さんに自殺の噂があったことも？　本当はただの事故だったんです。踏切で列車に……警察で事故だとはっきりと断定されたし、私と知り合ったのはその後だったのに、前の奥さんのお父さんが私と荻生とで死に追い詰めたかのように……」

老女はため息をついて「その収集狂というのがそのお父さんなんですの」と言った。

「今年、もう九十になられるのに、依然私を憎んでおられて……」

「……それでは収集狂だから荻生の……荻生先生の絵を欲しがっていたというより……」

康彦が続けようとした言葉を察知して、老女は顔色を翳《かげ》らせながら頷いた。

「荻生に対しても大変な憎しみでしたもの、あの人の名が世界的に知られると、その前途を妨げるようなことばっかり。彼の名を抹殺《まっさつ》するために絵を買い占めて、世間の目から葬《ほうむ》ったんです。既に売れていた作品は莫大《ばくだい》な金をはたいてこっそりと買い戻し、新作は誰の目にも入らぬうちに買いあげて……その収集家というのが、前の奥さんのお父さんの弥沢俊輔《やざわしゅんすけ》です。名前ぐらいはご存じでしょう？」

日本の財界のトップスターの一人である。息子に社長の座を譲った今も依然会長として君臨している、確かそうだ――

「荻生が自分の手で焼いたという噂も弥沢さんが自ら広めたことに違いありません」

「先生は自分の名を葬るためだとわかっていて、弥沢に絵を売っていたんですか」

「ええ、あの人はどのみち自分の絵は楽しい遊びだって、金にするのも悪いような話だっていつもそう言っていましたから」

「遊びですか……」

康彦の方がため息になった。

「そうですの」

と言ってそこで、思い出したように、先刻孫娘から受けとった包みを開いた。あの少女の絵である……。

「この絵、初期のものだとお思いになる?」

康彦が頷くと、老女は悪戯《いたずら》っぽく笑いながら大きく首をふった。

「死ぬ前に病院のベッドの上で描いたものの一枚ですの」

「弥沢建設の……?」

「しかし……」

「あの人、病気で倒れる少し前から絵はやはり具象だって初心に返ったみたいに……もう一度全部を画学生の時代に戻して一からやり直すみたいに……林檎とか花とかそういう静物とか風景とか人物とか、最後のころにはまた具体的なものしか信じられなくなっているようでした。少し線や色づかいが素人《しろうと》っぽいでしょう？　でもそれこそが、あの人の最後に辿《たど》りついた境地だったんですよ。私ね、それを今度の展覧会で黙ってましたの……いったい何人の方に本物を見る目があるのか」

「……」

「二人だけでしたわ。ある評論家の先生が、この絵は今までの荻生の絵をひっくり返す力を持っていますねと言って下さって。――もう一人というのは、あなたです」

康彦は首をふり「いや、僕がこの絵に引かれたのはただ自分の好みだったからで……別に深い意味もなく……」とまどい気味にそう答えた。それに老女はまた首をふった。

「そういう見方でしか荻生の遊びは本当には理解してもらえないでしょうね……あの人の絵には確かに頽廃も華麗さもあります、でもその二つはともにあの人が明るかったから出たものでしょうね。あの人、頽廃っていうのは太陽みたいなものだと言ってましたからね」

そうしてその絵を康彦の方に押し出すと、

「さっき、この絵をある人にさしあげると言いましたけど、それはあなたですの」

と突然にそう言ったのだった。

康彦は反射的に首をふった。

「気に入って下さったのではなかったのですか、この絵を……」

「でも見ず知らずの人からそんな高価なものをもらうわけには……」

未亡人は大袈裟《おおげさ》なほどの華やかな笑い声をあげて「見ず知らずって、もう名乗りあった以上知り合いでございましょう？」と言った。

「それに、あなたは私のこと、もうすっかり気に入って下さってるじゃありませんか」

「はあっ？」

疑問符までが歪《ゆが》んだ。確かに魅力ある老女である。だがそうとは口にしていない。

「だってこの少女の絵を気に入って下さったのでしょう？　この絵は私ですもの……」

「あなたの……奥さんの子供のころの肖像画だったんですか、これは」

「いいえ、さっきも申しあげたとおり、あの人がこれを描《か》いたのは死の床でございましたから、私ももう四十になっておりました」

「でも、これは……」

間違いなく五、六歳の少女、いや幼女と言ったほうがいいほどに幼い女の子である。

「だからあの人の遊びでしたの。死ぬ前のあの人には私がそんな風に見えたらしいんです。目を見ればわかりません？　この女……まあ女の子としておきましょうね、この少女が死を見ているとお思いになりません？　この少女が見ているのはあの人の死なんです。この目だけは本当にあのころの私でした。具象なんです、だから、これも……着ている服はあのころの私のものですし」

確かに少女は目だけが大人の女の目で淋《さび》しく夫の死を見ている。それは何も聞かないうちから康彦が感じとっていたことだった。だが、それ以外はこの老女と共通項はない。年齢の違いだけでなく、顔だちは別人である。少女は頬《ほお》がふっくらとして丸顔だが、この老女は少し頬の尖《とが》った瓜実顔《うりざねがお》である。

「顔は全然似てませんでしょう？　でもあの人の目にはそう映ってたらしいんです。

君の心はこういう顔だって……『顔のない肖像画』という画題はあの人の死後に私がつけました。『心の肖像』としようかとも思ったのですが、それだと何か偽善の匂《にお》いがしますでしょう？　あの人が画筆と戯《たわむ》れて描いた意味がなくなる気がして……あの人本当にいつも楽しそうで……死までが自分の一番面白い遊びだというみたいに、最後のころはもう骨と皮だけになりながらも本当に最後まで笑って……」

微笑の目にうっすらと滲《にじ》んだものを細い指の先で拭《ぬぐ》った。

「そんなに意味の大きなものなら余計にいただけません」

「そんなに大袈裟に考えないで……だって無料でというわけではなくて、問題のオークションで大役を引き受けていただくお礼ですもの――もちろん引き受けていただける場合の話ですが」

「そのことですが……なぜ、僕なんかに」

「弥沢さんが……絶対に私の血縁は誰も会場には入れないというので、私たちも困って、さっきの孫娘の恋人の方に頼んでいたんです。弥沢さんはひどく厳重にことを運んでいて、申請書を出してパスした者しか当日会場に入り、絵を競り落とす権利がないのです。書類審査とでもいうのか……写真の提出までは要求されませんでしたが、年齢は記入させられて。当日は受付でその申請書どおりかのチェックがされるというんです。それで孫娘の恋人の加瀬さんは何とかそれに通ったのですけれど、スキーで骨折をしてしまって、とても来週までには退院できないというので……」

「しかし、僕くらいの年齢の人は他にもいるでしょう?」

「ええ……でも、絵に対してまったく知識のない人に頼むのは不安ですし……当日は多少絵に対する造詣《ぞうけい》が必要になってきます。そういう方が加瀬さん以外いなかったので」

「随分と厳重なんですね」

「それも、私たちの手に荻生の絵は一点も渡したくないという弥沢さんの意地悪ですけれど」

「それで、僕は一体何をすればいいんですか、そのオークション会場で」

「オークションは普通どおりに行われますから、ある絵をたとえどんな巨額になってもいいから競り落としていただきたいんです……それだけでしたら誰でもできるんですが、その前にその絵が贋作《がんさく》でないかどうかを判断してもらわなければなりません」

「ちょっと待って下さい……僕には本物か贋作かを見分ける力は……」

「心配は要りません。多少の絵の造詣と言いましたでしょう?」

そう言うと老女は、

「この眉が本物ではもっと黒く太くて男の子の眉のような印象なんです。それにこの目ももう少し明るくて……」自然な声でそう続けた。

康彦はおやっと思いながら「この眉とかこの目とかいうのは?」と訊《き》いた。

「この少女の絵ですけど……」

老女は、テーブルの上に置かれた絵の右眉にそって指をすべらせ「ちょうどこのあたりの色がもっと濃いんです」と言った。

「この絵と同じ絵なんですか……そのう……出品されるのは?」

「そうです……」

「それで、オークションに出る方が本物で、これがその贋作なのですか」

「そうです」あっさりとそう答えた後、

「あら、私、贋作だと申しあげませんでしたか? 嫌《いや》だわ、申しあげたとばっかり。まあ、それであなた、ああも遠慮なさったのね。どうも変だと思ってたんですけれど……本物の方はあの男に買い占められていて……それで私ももう三十年ぶりの対面になりますの。もし来週のオークションであなたが巧《うま》く競り落として下さったなら……ですけれど」

　面食らっている康彦に「こちらは贋作なんです、遠慮なく受けとっていただけますでしょ」と言った。

「この贋作は誰が描かれたものなんですか」

「大して名もない画家です。弥沢さんが死の床から買いとるというより、奪いとるようにもっていく前に私、写真をとっておいて……後年、その画家の方にお願いして」

　そう言い、再度「どうでしょうか、お願いできませんか」と訊いてきた老女に、

「弥沢俊輔が、お金に困るはずもないのに何故《なぜ》オークションなんかを……」

　そう訊いた。

「それがわかりませんの。オークションの話はもうかなりの人に知れているんですが、誰にも謎のようで……」

「さっき幻の最高傑作とおっしゃったのは、この絵の本物のことですか」

「さあ、どうでしょう。それは当日の楽しみということになさったら？」

　からかうように微笑んだ老女にむけて、

「わかりました。いただきます、これを」

康彦ははっきりとそう言った。それはオークションでの一役を引き受けてもいいという意味だった。

老女は康彦が引き受けたのが、よほど嬉しかったのか顔を皺いっぱいにして大きく笑顔を作った。絵の少女の目はガラス越しの冬の陽射《ひざ》しを吸って暗さを棄《す》て、ふっと微笑でもしたように見えた。

さらに細かい打合せをし、その贋作はオークションが終わってからもらうことに決め、

「それではまた明日自宅の方に連絡下さい」

と電話番号のメモを渡して立ちあがった老女に、康彦は話を持ち出された時から一番気になっていたことを思いきって訊いてみた。

「あのう、僕にお頼みになったのは本当にただの偶然からですか……そのう、つまり、僕のことを以前からご存じだったとか……」

祖母は荻生仙太郎と何らかの関係があった……この老女が祖母を知っていたことも考えられる。いや、そう考えた方がこの突然の風変わりな依頼も納得できる……

「いいえ。見ず知らずのとおっしゃったのはあなたの方じゃありませんか」

老女はそう言うと、まだ康彦の顔に残っている怪訝《けげん》そうな表情を飲みこむように、また大きく笑顔を作り、喫茶店を出ていった。だが、依然疑問は残った。あの未亡人は祖母のことを知っていたのだ、決して偶然ではない。祖父は康彦が物心ついた時にはすでに仏壇の中の写真だったが、小学校に上がるころに死んだ祖母の記憶はある。康彦は父と母とその母の産みの親である祖母との三人の間で幼年期を過ごしたのだが、地味な両親から一人浮きあがって、派手好きな祖母がいた。母は化粧っ気がいっさいないのに、祖母はいつも濃い口紅をつけていた。「お前は絵の才能があるよ。絵を習った方がいい」という言葉もその真っ赤な唇《くちびる》で言われたし、寝つくようになってからも時々無理に起きあがっては化粧をしていた。そう、死ぬ数日前、康彦にふっと「お前の本当のお祖父《じい》さんは仏壇の中の男じゃない」と言った時も、その唇は油の絵の具を塗ったようにねっとりと口紅をつけていた……その毒々しい唇で祖母は最後の病床から、こう言ったのだった。「お前の本当のお祖父さんは床の間に飾ってあるあの絵を描いた荻生仙太郎という人だよ……」と——母にも誰にも言わず、自分の体の奥底にしまいこんでおいたその言葉が荻生未亡人の声に掘り起こされて体の中に騒いでいる。この突然すぎる依頼を引き受けたのもその声のためだった。荻生未亡人は否定した。だが、確かに何かがその依頼の裏にはある。その何かが、オークションで頼まれた役を演じれば判明する気がしたのだった……

翌日にかけた電話で昨日の打合せを確認した。大して難しい役ではない。赤坂のホテルの一室で開かれるそのオークションで、問題の『顔のない肖像画』が出てきたら、誰も競争相手がいなくなるまで、手をあげつづければいい、それだけである。荻生未亡人は価格がどれだけ高くなってもいいと言っていた。

「荻生の絵はピカソやゴッホとは違いますからね。今ロンドンの美術館にある『エロス華生』でさえ、オークションにかけても一億にはなりますまい。この少女の絵は名も知られてないし、一見初期の小品に見えますからね、一千万を切るでしょうね。でもたとえ一億を超したとしても競り落として下さい」

未亡人がそう言う以上、何も考えずにただ手をあげつづければいいのだ……。

未亡人は、電話を切る前にもう一度場所と日時を確認した。一月二十日、赤坂のホテルの二階の紅の間という小さなホールでオークションは午後七時から開催される、その三十分前には受付に行き、そこで既に申請してある加瀬浩一《こういち》であることの確認をとられ——番号札を受けとり、会場に入り——そうして今、一月二十日の午後六時三十三分、旗野康彦はその会場にいるのだった。趣味で美術学校に通っている大富豪の令息、加瀬浩一として。

予想以上に会場は広く、椅子《いす》が数百は並んでいる。オークションという言葉からの連想はサザビーズやクリスティーズの世界の株式市場の動きにまで影響を与えるほどの華麗な取引だったが、それに比べても遜色《そんしょく》はない。確かにあの直後から新聞やマスコミは『焼失し幻の名作と言われていた荻生仙太郎の絵三十二点が実は弥沢建設会長、弥沢俊輔氏の手で大切に保管され通していて、オークションにかけられる』ことを騒いではいたが、個人が開くきわめて個人的なオークションであり、しかも厳重なチェックが行われると聞いていたから、もう少し秘密めかした小さな儀式みたいなものを想像していたのである。

確かにチェックはなされたのだが、ほとんど形式的なものであり、次々に客が番号札をもって入ってくる。これなら誰でも加瀬浩一として入ってこられるはずだった……。

何もかもが、九日前、未亡人から話をもちかけられた際に予想していたものと違う。豪華なシャンデリアや絨緞《じゅうたん》、いや絨緞だけではなく、客たちの服装にも毛並みの良さが感じとれる。未亡人から言われたとおりにネクタイをしたが、他の客に比べるとはっきりと落差がある……、たとえば彼の前に会場に入り、彼と同じように最前列に席を探している画廊の女主人風がいるが、そのそばだと付き人にしか見えない。

予想と違うのは、だが、会場や客の豪華さだけではない。何より、康彦自身の気持ちがあの時の予想とは違う。

緊張し、自分に巧くやれるだろうかと心配し、何より九日前には——いや一昨日《おととい》までは——まだ信じていたあの老女の笑顔を今は信じていない。一昨日まで——正確には昨日の午後四時まで。

というのも、昨日の午後のことである。康彦は今日の下見のつもりで、この赤坂のホテルに来てみた。二階の会場の入口を確かめただけだが、その後、地下の喫茶店に入った。そうして、普通の店の倍はするのに、それは値段だけで味は何も変わらないコーヒーを飲んでいる時、突然ウェートレスが来て、

「あのうカセコウイチさまでしょうか」

と訊いてきたのだった。

一瞬もう明日の芝居が始まっているのかと思ったが、もちろんすぐに「いいえ」と答えた。ウェートレスは他の席の若い男ばかりを狙《ねら》ってその質問を繰り返し、や

っとカセコウイチを入口近くの席で見つけたらしい、何かを語りかけた。そうして二十分もするころ、『ごめんなさいね』と謝る感じで女が入ってくると、すぐにそのカセコウイチと連れ立って店を出ていったのだった。どうやらその女が二十分前に電話をかけてきて自分が遅刻することをウェートレスに伝言してもらったらしい。よくあることだし、カセコウイチという名もさほど珍しくはないだろう。それなのに、康彦は愕然《がくぜん》とし、次に呆然《ぼうぜん》とした。現れた女があの老女から孫娘として紹介された荻生晃子だったからである。

それならば今の男が老女から聞いた加瀬浩一に間違いない。だが、その男のどこにもスキーでの骨折の痕跡《こんせき》などなかったのである。

あの老女は嘘《うそ》をついたのだ。しかも加瀬浩一の怪我《けが》が嘘だということは、その他の老女の言葉も信用できないという意味である。

何かが企《たくら》まれている。自分は騙《だま》されている。もしかしたらオークションで引き受けさせられた役というのは危険を伴うものなのかもしれない。――それに今一つの不審が加わった。

無傷の加瀬浩一を見て、数時間後、つまりは昨日の夜である。康彦は思いきって荻生仙太郎の未亡人からの唐突な依頼について全部を母親に打ち明けてみた。

最初のうち「そう、それはやっぱり何かの縁なんでしょうね」とむしろその話を楽しんでいるかのように見えた母親が、オークションでどんな金額になってもいいから、と未亡人から言われたと言うと俄《にわか》に硬い表情になって、「それは、幾らぐらいの金額になるものなの」と訊いてきた。万が一、億単位になっても必ず競り落として欲しいと言われている――と告げると、突然、

「やめた方がいいわ、その話。断りなさい」

厳しい声になった。

「どうして？」

と問うと、答えるのを渋っていた母は、それでも「今年の春少しまとまった金が入り用になったからあの荻生仙太郎の絵を未亡人に買ってもらおうと思ったのよ、それで未亡人をよく知っている美術商の人に仲立ちを頼もうとしたのだけれど、その人があの未亡人は百万の金も自由にはできないだろうって。何でも生活費にも困る有り様なので、お孫さんを金持ちの坊ちゃんに身売り同然にくっつけたという噂もあるくらいだって……」と語ったのだった。ホテルでの親しげな様子を見ると、身売りはオーバーだが、加瀬浩一が富豪の息子だということは、その雰囲気《ふんいき》や革のスーツからでも間違いはないようである。

「母さん、荻生未亡人と知り合いなの」

「いいえ、会ったことは一度も……」

「それなら何故未亡人に絵を売ろうと……」

「それは死んだお祖母《ばあ》さんからそう言われてたからよ。万が一お金に困るようなことができたら売ってもいいが、その際は未亡人に売っておくれ、一番高く買ってくれるはずだしって……結局お父さんの方でお金の都合がついたからいいのだけれど」

「母さん、本当にあの未亡人は僕のお祖母さんが荻生仙太郎と知り合いだったということも何も知らずに僕に頼んできたのだろうか」

そう訊いてみた。

「最初は荻生さんのファンだったお祖母さんがあの世で導いてくれた偶然かと思ったけど、お金もないのに、そんな役を引き受けさせるなんて、お前のことも知っていて近づいてきたとしか思えない……ともかく断りなさい」

「でもお金がなくて競り落としたとしても大したことにはならないはずだよ。支払い能力がなければ、次の最高価格を出した人に買う権利が移るだけだろうし……」

実際に買うのではなく、あの老女は弥沢とかいう男への復讐《ふくしゅう》のためにただ会場を混乱させるだけのつもりなのかもしれない、ちらりとその考えが浮かんだ。だが、だからといって康彦にはやめる気はなかった。それに、

「母さん、お祖母さんと荻生さんはどういう知り合いだったの」

子供のころから体の隅《すみ》に燻《くすぶ》っていた疑問を思いきってぶつけると不意に言葉を濁して黙りこんだ母親が、一晩のうちにどういう気持ちの変化を起こしたのか、今朝の食事の席では、

「やっぱり、大したことではないだろうし、お祖母ちゃんの供養《くよう》と思って行っておあげ」

と言いだしたのである。何かがある、あの美しい老女に何かの企みがある、そう思いながらもいっそう好奇心を煽《あお》られてやってきたのはいいが、このスケールの大きさを見て今ごろになって心配になってきたのである。加瀬浩一にやれる役を他人の自分に頼んできたのは、やはりこの役に危険が伴っているからではないのか……

豪華なシャンデリアや金屏風《きんびょうぶ》の眩《まぶ》しさを見ると改めて不安が襲ってきた。受付でもらった番号札には、アラビア数字で〝13〟と記されている。その不吉な数がさらに不安を煽った……

番号札の数とは無関係に席はどこに座ってもいいと言われていたが、前の方はほ

とんど満席になっている。これまで秘蔵だった絵が初公開されるのである、美術商や収集家が、普通のオークションと違い、絵を見ること自体にも興味をもっていることは明らかだった。

この数日のうちに康彦はそれなりに、オークションというものを研究してみたが、事前にどんな美術品が出品されるかは客に予備知識として教えられる。客がどの程度の金額で落とすかを事前に検討できるようにするためだ……もちろんその場の成り行きで値が異常につりあがったり、ハプニングはいくらでも起こるわけだが、買う意志のある者は皆一応の前知識をもって会場に臨む。ところが、この会場では出品される作品の名前さえ、誰も知らずにいる。ほとんど抜き打ちと言ってもいいオークションなのである。

いや、それとも知らないのは自分だけなのだろうか……皆、それぞれに情報を仕入れてこの場に集まっているのだろうか。そうも思ったのだが、やっと前から三列目のほぼ中央に空いた椅子を見つけて座ると、すぐ背後にいた二人の客がこんな会話をしているのが、耳に入ってきた。

「新聞に未発表の名作が出ると載っただけで、何が出るのか情報は皆無だというのに、よくこれだけ集まっているものだね」

「――それに、荻生の絵に関しては絵画市場での評価額みたいなものは決まってないわけでしょう？　どこかの美術商が弥沢と組んで一儲《ひともう》けを企んでるだけじゃないんですかね」

「つまり、今日絵を買い上げる連中は、弥沢の回し者だというわけか。弥沢が自分で自分の絵を買い上げて、値をつりあげようとしていると……」

「そう、今日売れた絵は近々また別のオークションに出てくるんですよ。このオークションで箔《はく》をつけて……もちろん金製の箔をね」

「いや、それはあり得んな。弥沢はただ単に異常にマニアックな収集狂で、金にはいっさい興味がないらしいという話だからな」

美術商らしい二人である。その言葉は信用できそうだったので康彦はさらに耳を澄ませた。まだ若手といった感じの痩《や》せた男の方が、

「しかしそれなら、なぜオークションなんかを開くのですか」

と言い、もう一人の老獪《ろうかい》といった感じの肥《ふと》った男が「ウーン、その点なんだな。ちょっと謎は」と唸《うな》った。

「弥沢グループの財政が危機に瀕《ひん》しているという話は聞かないし、もし本当にそうなら秘蔵している他の絵を売りにだすだろうからな。ゴッホのひまわりの一作やモ

ネヤゴーギャンや、弥沢が買い占めたらしいという噂のある絵は他にもいっぱいあるんだから……しかもこんな風に自分の名を表面に出さずにね」

「いや、荻生の絵は焼失したという噂があったわけですからね。もし弥沢が自分の名でオークションを開かなければ、誰も贋作として信用しなかったかもしれないですからね」

弥沢の名だからこそ、皆が今日の絵を本物と考えているという意味らしい。

「いや、わからん、どうも。何か裏のありそうなオークションだが……まあ、ただ弥沢が荻生の絵に厭《あ》きたとか、何か個人的な理由で今日出る絵を棄てたくなっただけなのかもしれないし……」

〝老獪〟の方はそう言うと「失礼、ちょっとトイレに……」と言って立ちあがった。

康彦はその男に訊いてみたいと思ったことができたので、自分もトイレに立とうとして、隣りに座っている男に席を見ていてくれるように頼もうとした。会場はほぼ三分の二が埋まり、後から来た客が前の方に席を求めてうろうろしている。だが、そう頼もうとした隣りの男の方が、

「すみません、ちょっと、トイレに行きますので、見ててもらえませんか」

と言い、番号札を座席に置き立ちあがった。この時、康彦はその男に見憶《みおぼ》えがあ

ると思った。そうだ、あの画廊で二度ほど一緒になった……細く筋の通った鼻の下に品良く口髭《くちひげ》を蓄えた男である。あの未亡人が、康彦の他にもう一人『顔のない肖像画』を傑作だと見抜いた評論家がいたと言ったが、その評論家ではないかと思った。銀縁の少し冷たい眼鏡が評論家という職業を想像させたのだ……ほとんど一瞬のうちにそう感じとり、

「いや、すみません。僕もトイレに行きたいので……」

康彦も立ちあがり、結局札を置いておけば席をとられる心配はないだろうということになって、二人一緒に席を離れたのだった。

康彦は会場を出てすぐにあるトイレの前で待ち、一分もして出てきた〝老猾〟にさりげなく近づこうとしたが、その時である。さっきの評論家風が追いかけるようにトイレから出てくると「あのう」と〝老猾〟に声をかけたのだった。またも先を越された恰好になった。

「すみません、大倉《おおくら》さんですね」

評論家風は〝老猾〟に声をかけた。老猾は頷《うなず》いたが、自分に声をかけてきたのが誰かわからずとまどっている様子だった。

「いや、私の方で勝手に存じあげているだけです。何しろ大倉さんは日本の美術市

場の裏のドンと呼ばれるほどの大物美術商で、私のような小物画廊の経営者は足元にも及ばない存在ですから……ただ一つお訊きしたいことがあって。あのう、実は今日はある客から頼まれて、一つ買いにきたんですが、大倉さんの予想では一億を超すものが出てくると思われますか」

「いや、まあ水物だから断言はできないけれど、今日出るという噂の『地平線』でせいぜい二、三千万ってとこでしょうね……」

老獪が面倒そうに離れようとするのを、強引に「実はもう一つ……」と評論家風小物画廊経営者は食い下がった。

「荻生未亡人がそのう……今日、表面には出ずに裏で何かの作品を買うはずだという噂を聞いたんですが……」

「それもないでしょうね」

「どうしてですか……」

「金がないという噂ですからね。いや、噂だけじゃなく、私の知り合いの画廊にも借金をしているという話を聞いています」

そう言うと相手の顔色がハッキリと変わったので「もしかしたら、さっき人に頼まれて買うとおっしゃったその人というのが、未亡人なんじゃありませんか」と訊いた。

「いや、そうでは……」

慌《あわ》てて首をふったが、その狼狽《ろうばい》ぶりが、逆に老獪の疑問を認めたように康彦には見えた。それは老獪も同じだったらしく「だったら、いいんですが……もし未亡人に頼まれて来ているのならお止《や》めになった方がいいですよ。この前の個展の画廊の賃貸料さえ払えないという話だし……もう二度もほかのオークションで荻生の小品を買おうとして、トラブルを起こしてますからね。わずか二、三十万の支払いができなかったらしくて。今日の厳しいチェックも荻生の関係者を入れないためだという話ですからね」そう言い、呆然とした男を残し、会場に戻ろうとした。

呆然としたのは康彦も同じである。母親にも止められたが、それでも名のある画家の未亡人である、二、三千万の金は用意できると思っていたのだ。

反射的に体が動いた。老獪を追い、会場に戻ってすぐに「すみません」と呼び止めた。

「今ちょっと立ち聞きをして……」

老獪はまた別の見知らぬ青年が声をかけてきたことにとまどっている。

「荻生さんの奥さんに詳しいようなので訊きたいんですが、あのう、荻生仙太郎の死んだ以前の奥さんが、今日の弥沢さんの娘だという話を聞いたことがあるんですが」

早口でそう尋ねると、

「えっ？」

と聞き返し、ほとんど笑いそうな顔で首をふった。「何かの冗談かね、君。それとも本当にそんな噂でもあるのか。そりゃあ荻生の私生活は謎に包まれてるし、私も未亡人の頼子さんと親しいわけではないが、そんな話は初耳だよ。愛人がいたことは間違いないが、結婚したのは今の未亡人一人だけだ」

そう言うと冷たい一瞥《いちべつ》を投げて、康彦から離れた。康彦が席に戻ると、すぐ後ろの席についていた老猾が怒ったような咳払《せきばら》いをした。

呆然としたまま、隣りの男が帰ってきた。この男もどうやら、荻生未亡人から絵を買うように頼まれたに違いない。そう感じた。一億円という言葉を心配そうに老猾に出していたが、もしかしたら康彦とまったく同じように「一億円を超しても競《せ》り落としてほしい」と頼まれたのではないか……

トイレの前の話を立ち聞きしたのが、ばれてもいいと思って、康彦はその男に自分が未亡人から頼まれたことを喋《しゃべ》ってしまおうかと考えた。やはり何かあるのだ……あの未亡人の魂胆《こんたん》が……少なくともこのオークションを目茶目茶にするつもりなのだろう、お金も出せないのに二人の男に競り落とす依頼をしている……隣りの口髭だけでなく素人の、何も知らない康彦を利用して……

このまま『顔のない肖像画』を競り落としたら、とんでもないトラブルが起こるかもしれない……その危険をはっきりと察知したのだが、やっと決心して隣りの男に話しかけようとした瞬間、前方のステージに何人か主催者側の人間が登場し、そのうちの一人の女性が、

「お待たせしました。それでは今から、荻生仙太郎の絵、三十二枚の競売を始めさせていただきます」

と言ったのだった。

ステージには細長い机が、バリケードのように並び男女合わせて十数人が座っている。

バリケードは真ん中だけが空いていて、そこに人間大の画架が立っている。そのすぐ横に座った男が木槌《きづち》をもっていて司会者の女から進行係として紹介された。

「今日出品される絵が贋作だという噂が一部に流れているようでございますが、三

十二枚の絵はどれも、ここにおられる弥沢俊輔氏が故荻生仙太郎氏からじかに買い求め、長年大切に保存されてきたもので、すべて本物でございます……」

司会者の女の声を進行係の一人おいた横で腕を組み、目を閉じて聞いている紋付き袴《はかま》の老人がいる。雑誌などで二、三度見たことのある弥沢が、自身巨大な骨董品《こっとうひん》のような貫禄《かんろく》で座っている。壇上の照明がそこだけ強く当たり、体全体が艶光《つやびか》りしているような錯覚を起こさせる。

「なお、今日の絵はすべて未発表のものばかりですので、四点ずつを係の者が持って会場を回らせていただきますから、よくご覧になりたい方はお手をあげて係の者にお知らせ下さい。——それからまた、壇上の八人が細かくチェックいたしますが、後方の方はできるだけ高く番号札をおあげ下さい。それではまず最初の四枚をご覧いただきます。解説は美術評論家の松木修三《まつきしゅうぞう》先生にお願いいたします」

画架の右横に座った神経質そうな男がその評論家らしい、その隣りに座った司会者の質問に答えながら、最初に四人の係がそれぞれに手にして現れた小品の一つ一つに解説を加えていった。二匹の蜂《はち》の絵は「ごく初期の小品」と言われ、水面らしい空間を光のきらめきと筋だけで表現した『波紋』は「中期の円熟が始まったころの小品ながらなかなかの傑作」と評された。

係がそれぞれの絵を持って、会場の通路をファッションショーのようにぐるぐると回っていく。あちこちで手があがり、その前では二、三十秒立ち止まる。十分近くが経《た》って、最初の絵から競売が始まった。蜂の絵は七十万円で売られ、中期としては珍しい具象画と言われた自画像には四つのうちで最高の四百三十万の値がついた。その自画像が画架にかかったとき、康彦は競りの価格のつりあがりよりも、他のことに気を奪われていた。

顔が誰かに似ていると感じ、それが自分だと気づいたのだった。今まで見た荻生仙太郎の何枚かの写真はどれも繊細すぎて自分と似たところはどこにもないのだが、その自画像はごく平凡な男の顔をしていて、目から鼻にかけてのちょっと少年風の幼い線なんかが自分の顔に似ている気がしたのだった。頭では即座に否定した。だが、写真よりも確かに、荻生が自分の体の中に流れる血をその写実の筆で表現しきったのだとしたら……

それとともに、もう一つ感じとったことがある。ステージに並んだ主催者側の人間たちを見ながら、やはり何かに似ていると思ったのだが、真ん中に荻生の自画像が人間たちを圧するようにすっくと立ったのを見てやっとわかった。

ダ・ビンチの『最後の晩餐《ばんさん》』である。自画像の荻生の顔がちょうどキリストである。康彦はあちこちで札があがり、次々に価格がつりあがっていく会場の大きな動きを無視して、反射的に壇上の人数を数えてみた。

十一人……自画像の顔を入れて十二人。

一人足りない……そう思い、すぐに何と意味のないことを考えているのだろうと頭をふったが、次の四点の小品が終わり、三クール目に早くも巨《おお》きな『地平線』が三人がかりで運び出されてきて場内がどよめき、そのクールの四点の競売が始まって間もなくである、この時にはもう一枚の自画像が出たのだが、「これは最晩年、つまり死の床についてから自分の少年期を回想して描いたものです」という解説とともに、少年の顔が画架に掛かった時である。少年期の回想というのは間違いで、あの老女が言ったとおり、それは死ぬ前の自分の魂がそんな少年の顔をしていたからだろうと思いながら、ふとその考えが脳裏を掠《かす》めた。

やはり十三人いる……。

考えというよりも、正確にはそう感じとったのだった。この絵が十三番目のユダなのだ……そうしてこの最後の晩餐にはキリストがいないのだ、主役のキリストが……いや、いるのだが、それは裏切り者のユダの陰に隠れていて誰にも見ることができないだけだ……

そう、もしこの絵が、この絵だけでなく他の絵も全部が贋作だとしたら……荻生が本当に絵を全部焼いてしまったのだとしたら……それらの写真だけが未亡人の手に残っていて、その写真をもとに贋作が描かれたのだとしたら……弥沢と未亡人の共謀のもとに……こうも突然に絵が現れ、それが売りに出されるのも、そう考えればば説明ができそうだ。十三……13……両手で掴《つか》んだ番号札は週刊誌と同じくらいのサイズだが、そこにある13の数字は会場中に膨れあがるほど大きく見えた。

このオークションは、贋作を本物だと世間に認めさせる洗礼の儀式なのだ――恐らく今日絵を買いとるのは、皆弥沢か未亡人の関係者だ。本物だという洗礼をうけたのち箔《はく》をつけた三十二点の絵は弥沢の秘密の美術館に飾られ、金のない未亡人にかなりの額の謝礼が支払われる……本当なら加瀬浩一がこの儀式に参加するはずだった。だが、このオークションのからくりが世間にばれた場合を考えて、土壇場《どたんば》で加瀬をはずし、見ず知らずの康彦にその役をすりかえた、万が一の場合の自分や荻生の名に傷がつくのを恐れて……たぶん隣りの小物画廊経営者も何も知らずに適当な嘘で何かの絵を競り落とす役を頼まれたのだ……

康彦の頭に渦巻《うずま》いたその疑惑をよそに、価格レースは白熱してきた。自画像の『少年』には、一千万以上の値がつき、さらに『地平線』は二千四百五十万までいった。『少年』を買ったのは、康彦の斜め前の席の男であり、『地平線』は最前列の女性である。この時から康彦は絵だけでなく、それを買う客にも注意をむけ始めた。彼のとんでもない疑惑が的を射ているのなら、絵を競り落とす客は皆、関係者である……

外見ではもちろん、それを見破れない。

だが、一時間近くが過ぎ、四クール目も終わり、価格レースが後半戦に入って、康彦はあることに気づいた。そうしてそれはさらに次の二クールが終わるころには確信に変わった……

価格レースのスピードには凄《すさ》まじいものがあった。

二千万、三千万のゴールを目指して、スタートと同時に価格は全速力で走り、一分近くの間に木槌の音と共にゴールは切られている。

『地平線』が出た後は大作が目白押しで、そのどれもが未亡人の言った〝幻の最高傑作〟だと思えた。確かにこれだけの傑作を弥沢がすべて買い占め、未公表のまま世間の目から消し去ってしまったのなら、荻生仙太郎の人生までも買いとり、その名を歴史から消し去ったも同然である。そこには未亡人が言ったような弥沢の恨みや悪意が働いているとしか思えない。

だが、違うのだ……これは未亡人と手を組んで行われているからくりなのだ。荻生が自身で葬った物を手品のようにこの豪華な会場で蘇《よみがえ》らせてみせただけだ……

価格が決まり、木槌がふりおろされる瞬間、弥沢は目を開け、ちらりと買い手の方へと視線を投げる。その目には悪意よりも狡猾《こうかつ》さが潜んでいるように見える……しかも康彦の目にはその弥沢の目が絵を競り落とした関係者に『そう、巧くやってくれた』と合図を送っているように見えてしまう。

なかなか問題の絵は現れない。それがいっそうの緊張となり、一枚の絵が売られていくごとに動悸《どうき》が激しくなっていく。

「二十八番目の『銀河』に移ります。幻の傑作と言われていた物の一つなので、一千万から五十万単位でスタートさせてもらいます」

その言葉が終わると同時に進行係の声は、

「はい、二百六十四番の方、一千五十万……四番の方が一千百……九十一番の方ですね、一千百五十……百七十二番の方が一千二百万……はい、四番の方が一千二百五十万……」

瞬《またた》く間に二千万のコーナーを回った。背後で〝老獪〟の大倉が「相当に過熱してきたな」と唸った。弥沢も目を開き、壇上のすべての目は獲物を狙《ねら》う鷲《わし》の目のように、鋭く動きまわった。番号札があがるたびに五十万が増えるのだ。後ろの方の遠くであがる札をも鷲の目は爪《つめ》をむきだしにして摑みとろうとする……

結局『銀河』は四千万近い数字でゴールを切った。このころにはもう絵の芸術性はすべて無視され、会場は数字だけが、神のような全能の力で征服していた。

「それでは最後の四点になります」

その声とともに四点が運ばれてきた。

問題の絵は第三十二番、つまり最後の作品として登場したのだった。やっと……

康彦は全身を緊張させた。回覧が始まり、その絵をもった女が近づいた時、康彦は手をあげた。康彦は目を凸《とつ》レンズにして、その絵の眉を凝視した。未亡人に見せられたものより、眉が赤を混ぜて濃いのは簡単にわかった。

　本物なのだ、これが……

その会場で金と数字の儀式がくり広げられているのなら、康彦は今はもうただ、その儀式の一員である義務感だけでそこに座っているのだった。逃げだしたい、だが、無数の数字が彼の体を縛りあげ、彼に義務を果たせと命じている。康彦は膝《ひざ》の上に置いた自分の札の〝13〟という数字を見つめた。四クール目が終わった時の直感がもう間違いない以上、自分がその『顔のない肖像画』を落とすのもう間違いないのだ……。あの直感は間違いなかった。これまで絵を落とし続けてきたのは番号札が1から32までの者たちに限られているのだ……

やはり競り落としているのは関係者だ。関係者以外は落とせない仕組みになっている。三十二点の絵は番号札が三十二番までの客が必ず競り落とすように最初から決まっているのだ。順序はまちまちだった。第一番の蜂の絵は二十番の客が、ついさっきの『銀河』は後方に座った七番の客が落とした。会場を埋めつくした無数の熱い天文学的数字にまぎれこみ、たぶん誰も気づいていないのだろうが、間違いなかった。恐らく、何かのミスが生じて、関係者以外の客に絵が一作でも買いあげられてしまうのを防いでいるのだろう……

「第二十九番の『指』は初期の小品ですので、三十万からにさせてもらいます」

その言葉と共に始まった短距離レースは百三十五万で落とされた——十一番の男の客の手で。

次の『音楽』は一千三十万。二十四番の客。

さらに次の『戦争の神』は五百二十万で九番の客に……客たちは値段がどんなにつりあがっても、迷うことなく、次々に札をあげる。

いや、この『戦争の神』の時である。百五十六番の客が五百十万でほとんど競り落としそうになったのだが、そうすると進行係は、

「他にありませんか。五百二十万の方はいらっしゃいませんか」

普通なら木槌をふりおろしてもいいだけの時間の経過があったのに、執拗《しつよう》に次の札があがるのをまち続けたのだ。やがて焦《あせ》りの色を露骨にして「九番の方、百五十六番の方に落ちますが、いいですか」と訊き、

「ああ、九番の方は番号札を落とされたのですね……それでは九番の方が五百二十万ということで……」

かなりの強引さで九番に競り落とさせてしまったのだった。そう、間違いないのだ、壇上の老人の顔色がこの時、はっきりと青ざめたのを康彦は見逃さなかった。

そうして、いよいよ、最後の『顔のない肖像画』になった。いや――違う。康彦はおやっと思った。今まで客の番号ばかりに気を奪われて題名を聞き落としていたが、それが画架にかかると進行係は、

「それでは最後の『花子像』です。この花子像はさっきも申しあげたとおり、荻生の病床での絶筆として……」そう言ったのだった。

花子――

その名が緊張から血が逆流しはじめた体に響きわたった。

「ある女性のイメージを少女に変えて描いたものと想像されます」

その女性を未亡人は自分だと言った。だがそれは嘘だったのだ……

「この絵は贋作が荻生夫人のもとにあり、最近夫人の開いた遺作展では別の題名で発表されましたが、こちらの方が本物です」

その声に答えるように、背後の〝老獪〟大倉が不意に康彦の肩まで乗りだしてきて「花子というのがさっき言った愛人だよ」と耳打ちしてきたのだった。

愛人――やはりそうだったのだ。荻生仙太郎のただの知り合いではなく愛人だったのだ、花子……それは康彦の祖母の名である。

未亡人はやはり知っていたのだ。それが愛人の絵であることも康彦がその絵の〝花子〟の孫であることも……未亡人だけでなくその少女は祖母にも似ていない。

だが何かが仕組まれている。危険だ。この絵を競り落とすのは危険だ……

だが手にした番号札の〝13〟の数字が彼の意志を縛りあげている。……32までの数字の中ではこの数字しかもう残っていないのだ。どうしても俺《おれ》にその義務がある……〝13〟……十三番目のユダ……

すでにもう競りは始まっている。康彦は慌ててその札をあげた。

「はい、その十三番の方が一千二百五十万ですね……はい、二百四十番の方が一千三百……」

何もわからないまま、手をあげつづけた。動かしているのは手だけなのに、数字のレースを実際に全速力の足で走っているようなものだった。全身に汗が噴き出している。

すでに数字は四千万を超している。息が苦しくなってきた。オリンピックの競技場を走っている、数字のオリンピックを。

五千万を通過した際、康彦は怯《ひる》み、数秒手を止めてしまった。そうして案の定、進行係は心配そうな目をむけてくると「どうですか、十三番の方。今百二十三番の方が五千百万ですが……」と催促してきたのだった。それは早く立ちあがって走れという命令の声である。

康彦は意志とは無関係に札をあげていた。

「はい十三番の方が五千百五十万……あっ、百二十三番の方が五千二百……」

しばらく康彦とほかの二人との競りが続き、六千万の一歩手前でゴールは見えた。

「十三番の方の五千九百五十万以外はいらっしゃいませんね」

その声と共に木槌がふりおろされ、倒れこむように康彦が大きく息を吐きだし……だが、その時。

突然隣りの口髭が札をあげたのだった。これまで康彦が無視していた隣りの男が――康彦は客が三十二番までに限られていることに気づいた時から、隣りの男は何も関係なかったのだと無視してきた。なぜならその男の番号札は二百十一番だったからだ。その数字が彼がこの競りに無関係であることの証明だった。それなら何故《なぜ》、未亡人のことをああも執拗に大倉に訊いていたのかという疑問は残ったが、２１１という番号札の数字と共に、その存在を無視したのだった。それにその時まで、男は一度も札をあげなかったのである。

進行係がぎょっと目を瞠《みは》り、弥沢老人が喉《のど》を絞り呻《うめ》き声をだした。会場じゅうに歓声があがった。だが誰より動揺したのは、康彦である。まだ終わっていない、この危なっかしい、得体の知れないレースは……

だが、体が勝手に動きだしている。空白の頭に突然また贋作という語が飛び込んできた。この絵は贋作だ。未亡人から見せられたあの絵の眉だけを赤と黒とで濃く塗りなおしただけだ……この少女の絵には一枚の贋作があるだけだ……贋作……祖母の花子がそうだった。妻にはなれなかった愛人という名の贋作。そして祖父がまた贋作だった。写真でしか知らないあの男は、贋作だったのだ。母の本当の父親ではない……母は荻生と祖母の花子、つまり荻生とこの絵の少女との間にできた子供だったのだ……

贋作だ。だからもう札をあげてはならない。それなのに七千万、八千万……価格は勝手に走っていく。進行係の声が震えはじめた。弥沢老人の顔から血の気が引いていく。会場は興奮の坩堝《るつぼ》と化して、皆が隣り同士に座った二人の男の競り合いを見守っている。

数字は一億を突破した。もう駄目《だめ》だ……これ以上はもう走れない……体中の血が膨れあがり、赤い汗となって体の外へ流れだしている……

もう本当に駄目だ——

最後の声でそう呟《つぶや》いた時、カーンと木槌の音が鳴り響いた。

「それでは一億五十万で、最後の絵は十三番の方にお買いあげいただきました」

その声を、康彦の耳はひどく遠くに聞いた。

十分後には宴《うたげ》の後の虚《むな》しい空白だけがそのホールに広がっていた。その隅で、弥沢老人を前に康彦は座っていた。オークションの間、ずっと隣り同士だった小物画廊経営者と今も肩を並べて——

正確に言うと弥沢俊輔の命令で、二人ともそこに半強制的に座らされていたのだった。

オークションが終わると、絵を買った連中は『後日請求書を送らせてもらい、当方の口座に代金が振り込まれると同時に絵を届けさせていただきます』という言葉だけで解散になったのだが、係の女が近づき康彦と隣りの男にだけは、

「申し訳ありませんがちょっと、お話がありますので、十分ほどお待ち下さい」

と言い、十分後、会場から客が消えるのを待って弥沢老人が重々しい足取りで近づいてきたのだった。

「君たち二人はグルになって、最後の絵の値段をつりあげたのではないかね」

開口一番、老人はそう言った。訊問《じんもん》する刑事の口調である。声は不機嫌《ふきげん》に怒っていた。顔自体も不機嫌そうだが、それは地顔なのだろう。偉大な彫刻家の手になる怒りという名の作品……そんな風に見える。

二人は顔を見合わせて同時に首をふった。たがいに名前も知らない、と言ったのだが、それでは老人の怒りを静めるには不充分だった。「いや、二人とも誰かに頼まれたに違いない。そうでなければあの絵が一億を超すはずはなかったのだ」ぶつぶつと言った末に、「荻生の未亡人から頼まれたのではないか」

そう詰問《きつもん》してきた。口髭の男は顔色を変えた。そうなのだ、やはり……胸の中でそう呟いた康彦はそれ以上の老人の追及から逃れるために、

「何故、そのことに文句があるのですか。売手はあなたなのだから、高い値段になれば、あなたにはむしろ嬉しい話でしょう」

と、感じていた疑問をそのままぶつけてみた。

「いや、荻生夫人に頼まれたのなら、あの女には支払い能力がないはずだから、心配したまでのことだ」

彫刻の顔は怒りを刻んだままそう言い放ち、引き止めた詫《わ》びも言わずに次の瞬間には背をむけ、会場を出ていった。康彦は隣りの男に老人と同じ質問をむけてみたかったのだが、それを口に出せずにいるうちに、その男も逃げだすように会場を出ていき、康彦一人が殺風景なそのホールに残った。二つの疑問とともに——あの口髭の男はやはり荻生未亡人に頼まれて『花子像』の値をつりあげるために会場にいたのではないか。そうしてもう一つ、あの老人は何故絵の価格がつりあがったことにああも腹を立てていたのか。

翌日の午後二時、康彦は先週と同じ画廊の隣りの喫茶店で荻生未亡人と会った。

「一億五十万だそうですね」

老女は柔らかく微笑み「それにしても大した額になりましたこと……」そう言いながら持っていた包みを康彦に渡してきた。

「お約束どおり、この贋作の方はあなたに」

昨日頑張《がんば》って下さったお礼です、という夫人の言葉を無視して康彦は包装紙をはがし、中の絵を検《あらた》めてみた。少女の眉毛はもとの薄いままである。昨日一晩だけ絵の具を塗りつけて濃くし、薬品を使ってもとの淡さに戻すことくらいは楽にできる……。

「疑ってらっしゃるのですか」老女は訊いた。

康彦は正直に頷いた。

「本当に二枚あったのですか、この絵は。本物と贋作と二枚が……本当は昨日出品された絵もこれではなかったのですか」

「いいえ、間違いなく昨日出品された絵はこれとは別の物です。ただ……」

意味ありげに声に休止符を打ち、

「ただ、あちらの方が贋作だったのかもしれません」

微笑をも謎めかせた。

「というとこれが……本物なんですか」

「それより、昨日……」老女は話題を別の方向へと捩《ねじ》った。「昨日オークションの後で弥沢さんがおかしなことをおっしゃったそうですね」

「はい……誰から聞いたのですか。僕と一緒だった画廊の経営者の人ですか。それとも弥沢さん当人からですか」

「あなたの隣りに座っていたのは、本宮《もとみや》さんという渋谷の画廊のご主人です……ええ、確かにあの方から連絡を受けて……」

「弥沢さんが心配していたとおり、その本宮氏と僕を使って、あの絵の値段をつりあげたわけですか。本宮氏も僕もたがいに何も知らないまま……」

「ええ、でも本宮さんには一億を超したらおりて下さいと言ってあったんです。あなたに競り落としてもらいたかったものですから」

「いったい何故……買う側のあなたが絵の値段をつりあげたんですか」

支払うお金もないという噂のあなたが——その言葉は飲みこみ「しかも贋作だという絵を一億もの大金を出して買うなんて……何故なんですか?」続けてそう訊いた。

「私、昨日の絵が贋作だなどとは申しておりません」

「しかし、ついさっき、こっちの方が本物であっちの方が贋作だと……」

「ええ、こっちが本物の場合はあっちが贋作になりますわね」

「――」

「おわかりになりません？　今の意味……」

老女の目に悪戯っぽい微笑がふくらんだ。

その目に吸い込まれそうな錯覚をおぼえながら「ということはつまり……」口からはそんな声がこぼれだしていた。目の前の絵と昨夜の記憶に残った絵が康彦の頭でぴったりと重なった。康彦は首をふった。信じられなかった……

「おわかりになったようね。そうですの、これも昨日の絵も共に荻生が死も近くなったころに描《か》いたものです……荻生は最後にそんな遊びをして死んでいきましたのよ。二枚のほとんど同じ絵を……将来どっちが本物なのか贋作なのかわからなくするために。私にも、いいえ自分にだってどっちが本物かわからなかったでしょうね。同時進行でその二枚の絵を描いて、同時に描き終えたんですから。だから二枚の絵は共に、本物とも言えるし、贋作とも言えるんです」

「つまり……幻の傑作と言われていたのはこの絵なんですね」

両方がともに公表されれば別だが、一枚だけが発表された場合は、その裏にあるもう一枚が幻の傑作になる……

「違います。この絵の二枚の他にもう一つあるんです。それこそ本当にあの人の絶筆と言える最後の絵が……最後の遊びが……」

そこまで言い、ふと言葉を切ると夫人は、

「本当は何もお話しせずにこの絵をもらっていただこうと思っていたんですが」

ため息になった。

「でも、それは無理でしょうね。いろいろとお気づきになってしまったようだから……お母様からは何も聞いてらっしゃらない？」

「――母が何か知っているんですか」

「一昨日《おととい》、あなたのことを心配して電話を下さったので、私、できるだけあなたには内緒にしておいて下さいとお願いして真実をお話ししました。お母様、守って下さったのですね、その約束を……」

「母とは以前からの知り合いですか」

「二、三度、もう遠い昔に……この春にもお金が入り用とかで一度電話をもらいましたけれど、その時には私持ち合わせがなくて……それで一昨日、私があなたに近づいてとんでもないお願いをしたことを知ってご心配なさったんです」

母は一昨日の話の後、こっそりとこの夫人に電話を入れたのだ。そうして夫人から何かを聞いて安心したのだ。

「ご心配になったのは当然ですわ、私、確かに一文無しですから。今日だってこのコーヒー代がやっとですからね」

その言葉とは不釣り合《ふつあ》いな豪華な笑い声をあげた。

「それじゃあ、やっぱりあの絵を買うだけのお金はなかったんですね。一億円もの大金などとても……つまり、弥沢とグルになっていたか、それとも弥沢を騙したか、どちらかなんですね」

「いいえ、そのどちらでもありません。あなたが私の先週の嘘を疑いながらも、まだ信じてらして誤解なさってるんです。——逆なんです」

そう言い、あげた片手を半回転させた。

「私は昨日のオークションで絵を買ったのではなく売ったのです。荻生の幻の傑作を——お気づきにならなかったでしょう? それは」

意味がよくわからないまま康彦は頷いた。

「じゃあ、あの『花子像』はあなたの物だったんですか。弥沢俊輔の秘蔵品ではなく」

「いいえ、あの絵は確かに弥沢さんの持ち物です。三十年前、この双子みたいな絵の片割れだけをあの方に売りましたから……それに幻の傑作があの絵でないことはさっき申しました」

「じゃあ一体……あの三十二点のうちのどの絵だったんですか。『銀河』ですか……『少年』ですか」

その質問に手をふって違うと伝え、

「三十二点以外に出品されていた絵がまだあります。あなたの目にも触れているはずですが、おわかりにならなかったのでしょう。何しろ幻の傑作なんですから……昨日の会場でそれがわかっていたのは、一人だけ、その絵を買った人だけだったでしょうね」

と言い、本当に楽しそうに笑いながら「売ったのが私だと申しあげたのだから、買ったのは誰かおわかりですね、もう」と訊いてきた。

わからないと首をふりながらも、声は自然に口をつき「弥沢なんですか」と言っていた。

荻生未亡人はゆっくりと頷いた。

「そう逆だったんです。昨日は私が絵を売るためのオークションで……その絵をあの方が七億四千二百万円で買って下さったのです」

七億四千二百万円というのは確か昨日のオークションの総売上高である。その大金が弥沢の懐《ふところ》に入るのではなく、弥沢の懐から出てこの未亡人の懐に入るというのだ……買い手と売り手が逆だと言うのなら……

康彦の不思議そうな顔を楽しそうに見守った後、再び口から溢《あふ》れだした笑い声の合間に「逆だったんですよ」と言った。

「逆だったんです全部が……売り手と買い手があの会場では逆さになっていたのなら、会場の構造自体も普通のオークションの逆さでした。昨日の夜、弥沢さんが買おうとした荻生の幻の傑作は、客席の方に出品されていたのです。壇上ではなく……」

「客席？　僕たちが座っていた客席ですか」

「ええ、だから誰も気づかなかったんです。まだおわかりじゃありません？——客席から壇上の弥沢さんに提示された絵の方も三十二点あったんですが……」

「——」

「私はその三十二点を壇上の弥沢さんに見せる役として三十二人の方を雇いました

のよ。あなたの隣りだった本宮さんは別の理由で雇ったんですが……あなたもその三十二人の一人でしたの。あなたへのお礼だけは現物支給になりましたけど……他の三十一人の方にはある程度のお金を用意するつもりです。弥沢さんと私だけしか知らなかったあの人の絶筆を、とうとう売って、私は七億円ものお金持ちになるのですからね。弥沢さんが口座に振り込んで下さると同時に……」

「幻の傑作は……絶筆は三十二点あったのですか」声が震えた。康彦にもやっとその絵が見えてきた……

「ええ、連作とでも言いましょうか。三十二点で一組の絵でございました……やっとおわかりのようですね。あなたもその幻の傑作の一点を客席から壇上の弥沢さんに見せたのですからね。あなたが見せた絵が三十二点の最後になったわけですけれど……」

そう、康彦にももうわかった。だが……

「他の三十一人も、まさか自分の手にしているのが荻生氏の絶筆の絵の一点とは気づかぬまま、それを壇上の弥沢氏に見せていたわけですね」

老女はええと頷いた。そう、それは幻の絵だった。なぜなら康彦を含めて三十二人の誰もがそれを見ていながら、それが絵だとは気づかなかったのだから……三十二人だけでなく他の客たちの全員が、会場の受付でさりげなく手渡され、オークションの終わった後出口で回収された数百枚の番号札のうち最初の三十二枚だけが荻生仙太郎の人生の総決算の意味までもつ絵画だったとは……誰も考えもしなかったはずだ。1、2、3……13、14、15、16……27、28、29、30、31、32。

康彦はあの会場での弥沢俊輔の鋭い、すばしこい目を思いだした。価格が決定するたびに三十二人のひとりひとりに鋭い一瞥を投げたが、あれはその顔を見ていたのではなく、番号札を見ていたのだ——一人の客として。

「壇上にあがっていたむこう側の関係者も何も知らなかったのですか」

「はい、弥沢さん以外は。他の関係者はただ、三十二番までの番号札を持った客以外の客に絵が競り落とされないように注意するように命じられていただけでしょうね」

つまり、こういうことだったんです——と、未亡人は説明を始めた。自分の手元に遺《のこ》ったその絶筆の連作に以前から弥沢は目をつけていた。何度もかなりの大金で買いたいという申し出を受けた。だが『顔のない肖像画』とその連作だけはどうしても手放す気持ちになれなかったのだが、とうとう金が底をついてそれを売りわたす他なくなった、売る相手としては弥沢以外に考えなかった。弥沢が金銭的に、一番荻生の絵を評価してくれていたからだ――

「ただ弥沢さんは本当の収集狂というのか、絵に対する独占欲は恐ろしく強くて、そういう傑作があることを世に知らせることもなく自分一人のものにしたいと考えてらっしゃって。それで一体いくらでその絵をお譲りするかという相談を二人だけでいたしましてね。その時に私、三十二点の一点ずつを弥沢さんの秘密の荻生コレクションの一点ずつと交換して欲しいと申しましたの。思いきって、ふっかけてみたんですけど、弥沢さんは――」

それはできない、荻生の絵は一点も失いたくない、それなら自分の持っている三十二点分の絵の代金を払うと言ってきた。

「でも、荻生の絵は、市場に出されないまま来ましたので『地平線』にしろ『銀河』にしろ市場での価格がまったく決まっておりませんでしょう？　それを決めるために私の方からあのオークションを思いついてお話ししてみたんです。私の用意する三十二人に負けた最後の人が出した価格が、今の荻生の絵の市場での評価額ということになるでしょう？　実際には私が若干その値段をつりあげることになるでしょうが、弥沢さんはその程度の金額を惜しむ人ではありませんし、私もズルはしないと約束しましたから。『花子像』に関してだけはその約束を破りましたけれど……」

『花子像』が一億を超した時、弥沢は未亡人のズルに気づき、ああも腹を立てたのだろう。

他の客たちは皆、自分たちが本当は三十二枚の番号札に値をつけているとは知らず、ただ壇上の出品作の値を決めていったのだった。

「でも、私にとっても大変な取り引きでしたからね。荻生の最後の傑作をとうとう手放すということは荻生との思い出の全部を売るという悲しい取り引きでしたから……それは素晴らしい傑作でございましたのよ。あなたにも本当はじっくり鑑賞していただきたかったわ。あの定規で引いたとしか思えない真っ直《まっす》ぐな、それなのに定規では絶対に出せない柔らかさを秘めた直線や曲線。具象に戻り具象をつきつめたあの人が最後の病床で辿《たど》りついたのが、その線でした。数字がもつ単純な直線や曲線、それを完璧《かんぺき》に表現するというのが、あの人の最後の芸術というか美学というか……いいえ、最後の命がけの遊びでしたのね。それからあの色、ただの黒ではなく、あの人が死の直前に見た幻の虹《にじ》の色を秘めた華麗な黒。もしかしたらあなただけは気づいて下さるかと思ったのですが」

思いだそうとしても、ただの番号札の数字にすぎないかと信じていた〝13〟は記憶に戻ってこない。その意味でもそれは人の視線の死角に束《つか》の間《ま》浮かびあがり消えた幻の傑作だった……それにしても何故気づかなかったのか。昨日の会場は数字だけの世界だった。それなら何故取り引きされた芸術品も実は数字だったのだと。荻生仙太郎が自分の絵が将来数字だけで評価されるものに変わることを見抜いて死の直前にやった抵抗、いや悪戯に似た遊びだったのかもしれない……

「何故、数字は32までだったんですか」

「そこまでで力つきたからです。32を描きあげて一時間後にはもう……」

そのことはもう思いだしたくないというように首をふると「事情はお話ししましたから、この絵はもらっていただけますね」と言った。

「いや、まだこの絵を僕がもらう理由を話してもらってません」

「この絵が、私ではなく、あなたのお祖母様だからです。こちらも本物の『花子像』ですからね……私、お祖母様には結局一度もお会いしませんでしたが、このとおりの方だったんでしょうね」

康彦への質問ではなかった。目は遠く、死んだ夫にむけて語りかけていた。その目をすぐに現実に引き戻し、康彦のそれ以上の言葉を避けるように、「あとはお母様にお聞きになって下さい」と言うと頭をさげ、簡単に会計を済ませ、逃げるように店を出た。

「待って下さい」

絵を両手で抱えて追いかけると、外には外車が駐《と》まっていて、老女は乗りこもうとしている。運転しているのは加瀬浩一で助手席には孫娘がいる。冬の柔らかい光にきらめいた窓ガラスごしに二人は微笑で康彦に挨拶《あいさつ》した。

老女はもう一度頭をさげ、乗りこもうとしてふとその足をとめて、ふり返った。

「やはり、私の口から一つだけ申しあげておきましょうね……その絵は荻生の手になる贋作とも言えるわけですが、昨日の会場にも、あの『花子像』の他にもう一つ、荻生の手になるあの人の贋作がございましたのよ」

先刻の遠い目で康彦を見ると「あなたという生きた贋作が……」と言った。

「あなただけでなく……あなたのお母様も。荻生がその絵のモデルの女性と遊びで……贅沢《ぜいたく》な遊びで作りあげた自分の贋作……」

遠く淡い目に、微笑と涙が混ざりあって浮かんだ。

「そう、遊びだったことにして下さい、その女性とのことは……あの人の、絵に次いで豪華な素晴らしい遊びだったと。妻だった私とのことが遊びだったなんて考えるのは淋しすぎますもの。荻生が私を描いてくれたことは一度もなかったんです。

よく見ててくればすぐそばに〝数字〟なんかよりずっと素晴らしい具象の素材があったというのに。だからせめて私が死ぬまでは、その絵を『花子像』ではなく『顔のない肖像画』だということにしておいて下さい。モデルが私だったと……だからこそ、私、その絵に一番高い値をつけたのですからね」

涙が勝ちそうになった目を気丈な微笑に包みこみ、車に乗りこんだ。光に彩《いろど》られた街路を車はすぐに走りだし、遠ざかった。康彦とその絵の女を残して――

解説

法月綸太郎《のりづきりんたろう》
（作家、評論家）

二〇一三年十月十九日、連城三紀彦が六十五歳でこの世を去った時、その早すぎる死を惜しむ声が相次いだ。だがその後半生は、作者自身が繰り返し描いた「夭折《ようせつ》の天才」のイメージとは異なるものだった。

初期の連城は、芸術家肌の人間がおのれの美学を完成させるため、破滅に向かって突き進んでいく物語を好んで書いた。たとえば、第三回「幻影城」新人賞に入選したデビュー作「変調二人羽織」では、異端の落語家・伊呂八亭破鶴が四十二歳で、第三十四回日本推理作家協会賞を受賞した「戻り川心中」では、大正歌壇の寵児《ちょうじ》・苑田岳葉が三十四歳でこの世を去る。中期の作品でも、本書の表題作「顔のない肖像画」の焦点となる天才肌の芸術家・荻生仙太郎（享年四十三）の略歴は、こんなふうに語られている。

「それに荻生は終戦後の画壇の復興期に突如現れ、十年後には死とともに消えていった火花のような画家である、十年のうちに精力的に仕事にとりくみ相当数の作品を産みだしたが、そのほとんどを人手に渡すこともなく、死の直前には自分の手でそれらを燃やしてしまったという私生活も作品も幻のような画家である」

連城三紀彦は一九七八年、三十歳でデビューした。仮に連城が「火花のような」作家で、十年後に文壇から消えていたとしたら（僧侶の子として生まれた連城は八七年に東本願寺《ひがしほんがんじ》で得度《とくど》、その前後に休筆の噂《うわさ》が立ったという）、「昭和末期を代表する天才ミステリ作家」として神格化されていたにちがいない。

八四年、『恋文』で第九十一回直木賞を受賞して以来、恋愛小説へシフトしたという偏《かたよ》ったイメージが広まったが、もし昭和末年に連城の仕事に終止符が打たれていたら、そうした誤解もじきに修正されていただろう。さもなくば晩年の「謎」として、ミステリ読者の解読意欲をそそっていたのではないか――八〇年代の連城ミステリは、逆説的なロジックそのものに「滅びへのカウントダウン」めいた韻律《いんりつ》を響かせていたのだから。

もちろん、こうした仮定に意味はない。それどころか、連城三紀彦というミステリ作家が真の天才ぶりを発揮するのは、平成時代に入ってからなのである。だが古くからの連城読者ほど、初期作品で刷りこまれた「火花のような」イメージを作者本人に投影し、中期以降の成熟した凄《すご》みを見過ごしてしまったのではないだろうか。

「初期から連城三紀彦が模索してきた、ミステリと恋愛小説の融合——その成果にして精華と言えるのが、九〇年代前半の作品群である。

ミステリーの技巧と企みに満ちた、長編の万華鏡の如き眩惑のプロット、短編のトリッキーな奇想と逆説。恋愛小説としての、人間心理を描きあげる流麗な美文と精緻な描写。九〇年代連城ミステリとは、語りの技巧と騙りの構造、ミステリの企みと恋愛小説の罠が複雑に絡み合った、連城三紀彦にしか書き得ない極めて意欲的かつ個性的、そして優れた作品群なのである」

こう高らかに宣言するのは、『ミステリ読者のための連城三紀彦全作品ガイド増補改訂版』（ＲＨＹＴＨＭ ＦＩＶＥ）の浅木原忍《あさぎはらしのぶ》である。一九八五年生まれ、二〇一六年五月、第十六回「本格ミステリ大賞」【評論・研究部門】の受賞作に決定した。「メフィスト賞世代」の著者が連城ミステリ再評価を目論んだ労作で、販路の限られた同人誌というハンディキャップにもかかわらず、見事栄冠に輝いたのはミステリと恋愛小説の垣根を取り払い、すべての連城作品を俯瞰《ふかん》する視点が評価されたからだろう。こうした視点は、後発世代の読者が作者の死後、短期間に全作品を通読するというプロセスを経なければ、なかなかキープできないと思う（すでに述べたように「幻影城」時代からの年季の入った連城マニアほど、初期作品のイメージにとらわれ、フラットな読みを妨《さまた》げられてしまう）。同時にこの本が強いインパクトを持ちえたのは、連城三紀彦の作品がいかに読み過ごされてきたかということの証左でもある。

一九九三年に刊行された『顔のない肖像画』もそうした「読み過ごされてきた傑作」のひとつで、一九八三年から九三年にかけて「週刊小説」（実業之日本社）に発表された作品をまとめたものだ。小説誌としては珍しい隔週刊の雑誌だったが、二〇〇二年にリニューアル、「月刊Ｊ－ＮＯＶＥＬ」と誌名を変えて現在に至っている。

発表誌を明記したのは、本書が『夜よ鼠《ねずみ》たちのために』の姉妹編に当たるからだ。『戻り川心中』『宵待草夜情《よいまちぐさよじょう》』とともに八〇年代連城ミステリ短編集のビッグ３と称《たた》えられ、『このミステリーがすごい！　２０１４年版』のアンケート企画「復刊希望！　幻の名作ベストテン」で堂々の一位に輝いた『夜よ鼠たちのために』の収録短編の初出も、すべて「週刊小説」なのである（二〇一四年九月、宝島社文庫から復刊されたのは、オリジナルに三編が追加された再編集版）。『顔のない肖像画』もその路線を引き継いでおり、同誌に発表された短編はこの二冊でコンプリートできる。いずれも現代を舞台にしたミステリ度の高い短編で、同時期の作品とくらべても恋愛小説的な要素は控え目だ。レトロな舞台設定や叙情的な文体といった連城節の魔力を封印し、ミステリの技巧一本で勝負したトリッキーな小説ばかりということである（ちなみに連城はこの後、九五年から翌年にかけ、長編『わずか一しずくの血』を全四十回にわたって連載したが、現在まで本になっていない）。

八三年刊の『夜よ鼠たちのために』は、小説の皮をかぶったどんでん返し発生装置みたいな趣《おもむき》があって、連城ミステリの中でも指折りのハードコア作品集なのだが、十年後に出た本書はずいぶん取っつきやすい仕上がりになっている。前記の浅木原『全作品ガイド』でも、「連城ミステリ短編のショウケースと言っていい、とりわけバラエティ豊かな作品群を収録した傑作集」「連城初心者に手軽な入門用として勧めたい一冊であるし、連城ファンも無論のことマストリードの一冊である」と紹介されている。

バラエティの豊かさは、発表期間が十年に及ぶためだろう。『夜よ鼠たちのために』の六編が約一年半の間に発表されたのに対して、本書の七編は間隔を置きながら、もっとゆったりしたペースで書かれている。一、二編目の間にブランクがあるのは、八四年に『宵待草夜情』で吉川英治文学新人賞、『恋文』で直木賞を受賞して注文が増えたからかもしれない。それでも時代ロマンや恋愛中心の筋立てを避け、広い意味での密室劇に題材を絞りこんで、どんでん返しの演出に注力しているところを見ると、当時の連城にとって「週刊小説」は、トリッキーな現代ミステリを心おきなく執筆できる数少ない場だったのではないだろうか。いくつかの短編でふっと顔をのぞかせるユーモアやコミカルな味が印象深いし、連城三紀彦のミステリ作家としてのネイティヴな資質をかいま見ることのできる貴重な作品集だと思う。

それだけではない。本書はちょうど「昭和」と「平成」の分水嶺《ぶんすいれい》のような構成になっていて（「路上の闇」の初出は「週刊小説」一九八九年一月六日号――実際の発売日とはズレがあるものの、この日付は昭和天皇が崩御《ほうぎょ》する前日である）、特に後半の作品では、九〇年代連城ミステリがむくむくと立ち上がってくるような、スリリングな現場を目撃することができる。

順番に見ていこう。本書の七編は（1）八三年：「潰された目」。（2）八八〜八九年：「美しい針」「路上の闇」「ぼくを見つけて」。（3）九二〜九三年：「夜のもうひとつの顔」「孤独な関係」「顔のない肖像画」、の三期に分かれる。

（1）は病室という「密室」で起こったレイプ事件の真相をめぐって、関係者のさまざまな証言が飛びかうフランス・ミステリ風の作品。インタビュー（刑事の聞きこみ）形式を借りた変幻自在の語りと、泡坂妻夫《あわさかつまお》を手本にしたような強烈なミスディレクションに目を奪われる一方で、アマチュア名探偵の推理譚になっているところも見逃せない。探偵役本人が単独で調査を進めているので純粋な安楽椅子探偵とはいえないが、解決の印象はわりとそれに近いものがある。ひょっとしたら、「ワトソン役がまったく描写されない安楽椅子探偵もの」というマニアックな発想から導かれたスタイルかも。

（2）は「奇妙な味」を強調した「異色作家短篇」風のサスペンスが特色だ。「美しい針」はカウンセリングルーム、「路上の闇」はタクシーの車中を舞台にした密室劇で、いずれも語り口で読ませるコントっぽい小品ながら、嘘と真のブレンド具合にこの作者ならではの歪《ゆが》みがあって、なかなか一筋縄では行かない。

突出しているのは、九年前の誘拐殺人事件の被害者が一一〇番通報してくる「ぼくを見つけて」だろう。誘拐テーマは連城三紀彦の十八番で、『人間動物園』『造花の蜜《みつ》』の後期二長編はいうまでもなく、短編でも初期の「邪悪な羊」(『運命の八分休符』収録)、「過去からの声」(『夜よ鼠たちのために』収録)から、晩年の「小さな異邦人」(同題の短編集に収録)に至るまで、異様に水準の高い名作ばかりなのだが、中期に属する本編もそれらに引けをとらない傑作である。無邪気で怖ろしい子供の悪戯《いたずら》めいた導入から、家族という名の「密室」＝パンドラの箱が開かれる驚愕の真相まで、まったく間然とすることがない。

九〇年代連城ミステリの魅力をコンパクトに凝縮したのが(3)の作品群で、九七年に刊行された恋愛ミステリ短編集『美女』にも通じる独特の匂いがある。実際この三編は『美女』に収録された作品の一部と発表時期が接近しており、連城ミステリのアップグレード作業が複数の媒体で、同時多発的に進行していたことがうかがえる。

「夜のもうひとつの顔」は不倫相手を殺してしまった愛人が、その妻と虚々実々のかけひきを繰り広げる倒叙ミステリ。犯行現場での緊迫した密室劇に何重ものどんでん返しを仕込んで、あっけに取られるような結末まで読者に息つく暇《ひま》を与えない。ドロドロした話のわりに、登場人物を突き放した乾いたセンスが際立って、フランス艶笑《えんしょう》喜劇みたいなオチには爽快《そうかい》感さえある。叙情的な文体が売り物の連城ミステリの中でも、いっぷう変わった読み心地の好編ではないだろうか。

続く「孤独な関係」も不倫もの。素人探偵気取りのＯＬが上司の浮気相手を探すフーダニットだが、「信頼できない語り手」を絵に描いたような一人称を駆使しているので、読者は一瞬たりとも油断できない。ホテルという「密室」での秘めごとをめぐって、空中楼閣《ろうかく》めいた仮説が次々と繰り出された末に、いきなり梯子《はしご》を外すような解決が訪れる……。前記『美女』に収められたある短編――しばしば連城ミステリの極北と称される――と対になったような作品で、いずれもアメリカの某有名作家が一九七二年に発表した心理サスペンスの異色長編を連想させるところがある。ただし、この着地点はどちらかというと「寸止めの美学」というか、中年男のペーソスを感じさせるもので、思わずうなずいてしまう男性読者も多いのではなかろうか。

掉尾《ちょうび》を飾る「顔のない肖像画」は、三十年近く前に死んだ天才画家の私生活と「最後の作品」にまつわる謎を扱った美術ミステリ。表題作に選ばれただけあって、連城三紀彦の本領が遺憾なく発揮されたとっておきの逸品である。

真作と贋作、絵画オークションといったモチーフは、九二年に刊行された長編『美の神たちの叛乱《はんらん》』を引き継いでいるが、この短編ではいわくありげな人間関係の網目を突き破って、思いもよらない奇想が炸裂する。昔からの連城ファンほど、そのインパクトは大きいだろう。「あのパターンか」と思わせておいて、さらにその上を行くからだ。手練れの作者にとっては、そうしたすれっからしの読者の予想すら織り込み済みなのである。

最後にもう一度、冒頭の問題に触れておく。再三述べてきたように、初期の連城作品には「遺作」や「絶筆」、ないし「最後の舞台」にまつわる作品が多い。中期に属する「顔のない肖像画」もその延長線上にあるわけだが、この作品の「絶筆」はそれまでの幕の引き方と手つきが異なっているような気がする（二度にわたる荻生仙太郎の画風の変化は、連城ミステリの変貌と開花、さらに具象と抽象の区別も超越したような「独自の境地」への昇華を暗示していないだろうか）。ぼかした書き方になるけれど、私には作中に示された『地平線』の先の「絶筆」のあり方が、九〇年代以降の連城ミステリ長編に顕著な、執拗《しつよう》に繰り返されるどんでん返しと重なって見えるのだ。

もちろん、この「絶筆」は意外な真相と連動しているので、これをそのまま成熟した連城のミステリ観に直結することはできない。そんなふうに思いこんでも、作者の術中に陥《おちい》るだけだろう。だとしても、この小説から受ける印象は、初期の連城作品に響いていた「滅びへのカウントダウン」めいた韻律とは正反対のものである。あるいはこう言い換えてもいい。もしミステリの「極北」というものが存在するとしたら、それはゼロ地点で消えてしまうのではなく、無限の可能性に向かってどこまでも歩み続けることだ……。

この作品はフィクションであり、物語に登場する人名・団体名・地名等、実在するものとはいっさい関係ありません。

本書は一九九三年七月、小社より同題の単行本として刊行、一九九六年八月に新潮文庫として刊行されたものです。

実業之日本社文庫　最新刊

五木寛之
ゆるやかな生き方
のんびりと過ごすのは理想だが、現実はせわしい日々。ゆるやかに生きるためにどう頭を切りかえればいいのか。近年の〈雑録〉から選りすぐった36編。
い4 4

井川香四郎
桃太郎姫　もんなか紋三捕物帳
男として育てられた桃太郎姫が、町娘に扮して岡っ引の紋三親分とともに無理難題を解決！　歴史時代作家クラブ賞・シリーズ賞受賞の痛快捕物帳シリーズ。
い10 3

小路幸也
ビタースイートワルツ　Bittersweet Waltz
弓島珈琲店の常連、三栖警部が失踪。事情を察した店主ダイと仲間たちは捜索に乗り出すが……。甘く苦い過去をめぐる珈琲店ミステリー。（解説・藤田香織）
し1 3

西村京太郎
十津川警部捜査行　北国の愛、北国の死
疾走する函館発「特急おおぞら3号」が、札幌で発生した女性殺害事件の鍵を運ぶ……鉄壁のアリバイを打ち崩せ！大人気トラベルミステリー。（解説・山前　譲）
に1 13

南　英男
裏捜査
美人女医を狙う巨悪の影を追え――元SAT隊員にして始末屋のアウトローが、巧妙に仕組まれた医療事故の陰謀に鉄槌を下す！　長編傑作ハードサスペンス。
み7 2

実業之日本社文庫 れ11

顔《かお》のない肖像画《しょうぞうが》

2016年8月15日　初版第1刷発行

著　者　連城三紀彦《れんじょうみきひこ》

発行者　岩野裕一
発行所　株式会社実業之日本社
〒153-0044　東京都目黒区大橋1-5-1
クロスエアタワー8階
電話［編集］03(6809)0473［販売］03(6809)0495
ホームページ　http://www.j-n.co.jp/
印刷所　大日本印刷株式会社
製本所　大日本印刷株式会社

フォーマットデザイン　鈴木正道(Suzuki Design)

ISBN978-4-408-55310-8（第二文芸）